にほんご

穩紮穩打日本語

中級1

目白JFL教育研究会

前言

　　課堂上的日語教學，主要可分為：一、以日語來教導外國人日語的「直接法（Direct Method）」；以及，二、使用英文等媒介語、又或者使用學習者的母語來教導日語的教學方式，部分老師將其稱之為「間接法」（※：此非教學法的正式名稱）。

　　綜觀目前台灣市面上的日語教材，絕大部分都是從日方取得版權後，直接在台重製發行的。這些教材的編寫初衷，是針對日本的語言學校採取「直接法」教學時使用，因此對於在台灣的學校或補習班所慣用的「使用媒介語（用中文教日語）」的教學模式來說，並非那麼地合適。且隨著時代的演變，許多十幾年前所編寫的教材，其內容以及用詞也早已不合時宜。

　　有鑒於網路教學日趨發達，本社與日檢暢銷系列『穩紮穩打！新日本語能力試驗』的編著群「目白JFL教育研究會」合力開發了這套適合以媒介語（中文）來教學，且通用於實體課程與線上課程的教材。編寫時，採用簡單、清楚明瞭的版面、句型模組式教學、再配合每一課的對話「本文」、「語句練習」、以及由對話文所衍生出來的「延伸閱讀」，無論是實體一對一還是班級課程，又或是線上同步一對一、一對多課程，或線上非同步預錄課程（如上傳影音平台等），都非常容易使用（※註：上述透過網路教學時不需取得授權。唯使用本教材製作針對非特定多數、且含有營利行為之非同步課程時，需事先向敝社取得授權）。

　　此外，中級篇卷末亦附錄對話「本文」以及「延伸閱讀」的翻譯，同時出版的「教師手冊」亦針對「句型」以及「語句練習」有詳盡的說明，讓有一定程度想要自修的學生，也可以輕易自學。最後，也期待使用本書的學生，能夠在輕鬆、無壓力的課堂環境上，全方位快樂學習，穩紮穩打學好日文！

想閱文化編輯部

穩紮穩打日本語 中級 1

課別	文法項目	
第 49 課 頭がおかしく なりそうだ。	單字 1. 形容詞＋そうです（樣態） 2. 形容詞＋なさそうです 3. 動詞＋そうです（徵兆・預測） 4. 動詞＋そうに（も）ないです 本文 語句練習 延伸閱讀	p08 p12 p14 p16 p18 p20 p22 p24
第 50 課 生きるか死ぬかの 瀬戸際だそうよ。	單字 1. ～そうな＋名詞 2. ～そうに＋動詞 3. ～（だ）そうです（傳聞） 4. ～んだって 本文 語句練習 延伸閱讀	p28 p30 p32 p34 p36 p38 p40 p42
第 51 課 外国人みたいな人 と歩いているのを 見ちゃった。	單字 1. ～ようです（推量） 2. ～ようです（比況） 3. ～ような／ように（例示） 4. ～みたいです 本文 語句練習 延伸閱讀	p46 p50 p52 p54 p56 p58 p60 p62

課別	文法項目	
第52課 仮想通貨って、 儲かるらしいね。	單字 1．〜らしい（接尾辞） 2．〜らしい（助動詞） 3．〜より　〜のほうが 4．〜というより 本文 語句練習 延伸閱讀	p66 p70 p72 p74 p76 p78 p80 p82
第53課 こっちから 別れてやる！	單字 1．〜くらい（ぐらい）／ほど 2．〜ほど　〜ない 3．〜ほど　〜はない 4．〜くらいなら 本文 語句練習 延伸閱讀	p86 p90 p92 p94 p96 p98 p100 p102
第54課 ローンを申し込ん だら、審査に 落ちちゃった。	單字 1．〜のは　〜だ（強調構句）I 2．〜のは　〜だ（強調構句）II 3．〜たら　〜た（事實條件） 4．〜たら（反事實條件） 本文 語句練習 延伸閱讀	p106 p110 p112 p114 p116 p118 p120 p122
本文、延伸閱讀翻譯		p125

本書說明

1. 教材構成

　　「穩紮穩打日本語」系列，分為「初級」、「進階」、「中級」三個等級。「中級篇」共 2 冊，每冊 6 課、每課 4 個句型，並包含使用到這些句型的對話本文，且增設培養口說能力的「語句練習」和培養閱讀能力的「延伸閱讀」。完成「中級篇」的課程，約莫等同於日本語能力試驗 N3 程度。

2. 每課內容

- ・學習重點：提示本課將學習的 4 個句型。
- ・單字　　：除了列出本課將學習的單字及中譯以外，也標上了詞性以及高低重音。此外，也會提出各課學習的慣用句。中級篇改以動詞原形提示。
- ・句型　　：每課學習「句型 1」～「句型 4」，除了列出說明外，亦會舉出例句。每個句型還附有「練習 A」以及「練習 B」兩種練習。練習 A、B 會視各個句型的需求，增加或刪減。
- ・本文　　：此為與本課學習的句型相關聯的對話或文章。翻譯收錄於卷末。
- ・語句練習：嚴選「句型 1」～「句型 4」以及對話「本文」當中，所出現的常見或慣用表現，以代換練習的方式培養學習者的口說能力。
- ・延伸閱讀：提出一篇與對話本文相關連話題的文章，字數介於 800 ～ 1200 字左右的內容理解中、長文。文章中的新出語彙並不會收錄在單字表當中，以培養學生閱讀時，使用 Skimming 以及 Scanning 閱讀技巧的能力。授課時，可先請學習者粗略閱讀後，再由老師帶領精讀。全文的翻譯收錄於卷末。

49

頭がおかしくなりそうだ。

1. 形容詞＋そうです（様態）
2. 形容詞＋なさそうです
3. 動詞＋そうです（徴兆・預測）
4. 動詞＋そうに（も）ないです

單字

食う（動/1）	吃得較粗俗講法	持ち込む（動/0 或 3）	帶入、拿進
慣れる（動/2）	習慣	買い取る（動/3）	收購、買進來
関わる（動/3）	關係、有瓜葛	話し合う（動/4）	對談、互相商量
逆らう（動/3）	反抗、違背		
しごく（動/2）	（暴力式）嚴格訓練	（ボタンが）取れる（動/2）	脫落
脱出する（動/0）	逃脫	（電球が）切れる（動/2）	用光、耗盡
暴落する（動/0）	（價格）暴跌	（戦争が）勃発する（動/0）	爆發
売却する（動/0）	賣掉		
引退する（動/0）	退休、引退	出身（名/0）	畢業校、來自於…
割引する（動/0）	打折、折扣	人材（名/0）	人才
送金する（動/0）	寄錢、匯款	界隈（名/1）	附近、一帶
破産する（動/0）	破產	高騰（名/0）	（價格）高漲
承知する（動/0）	知道、同意	人口（名/0）	人口
過労死する（動/2）	過度疲勞而死亡	全員（名/0）	全部的人、全體人員
		暖冬（名/0）	暖冬
働かされる（動/0）	被迫工作	食糧（名/2）	糧食
気になる（動/3）	在意、掛在心上		

詞彙	中譯	詞彙	中譯
定時（名/1）	準時、一定的時刻	当面（副/0）	當前、目前
事情（名/0）	情況、緣故	当分の間（連）	暫時、最近、目前
一晩（名/2）	一夜之間、一個晚上		
		感じ（名/0）	感覺、…的印象
円預金（名/3）	日圓存款	流れ（名/3）	潮流、趨勢
米ドル（名/0）	美金	見直し（名/0）	重看、再次檢查
不景気（名/2）	不景氣	持ち株（名/0 或 2）	持有的股票
管理組合（名/4）	（大樓的）管委會	レンズ（名/1）	相機的鏡頭、鏡片
少子高齢化（名/1-0）	少子化與老齡化	ルート（名/1）	管道、路徑
学級委員長（名/6）	（學校的）班長	ハンカチ（名/3 或 0）	手帕
		リフォーム（名/2）	房屋重新裝潢
呑気（ナ/1）	若無其事、從容不迫	ノートパソコン（名/4）	筆記型電腦
正規（ナ/1）	正式、正規	リサイクルショップ（名/6）	二手商店
素晴らしい（イ/4）	很棒、優秀	トイレットペーパー（名/6）	捲筒衛生紙
仕方がない（慣/5）	沒辦法、不得已		

單字

こう（副/0）	這麼地、這樣地
今にも（副/1）	眼看就要、馬上
あちこち（代/2）	到處、各處
それだけ（副/0）	那樣多、那樣程度
ガンガン（副/1）	噹噹聲、嗡嗡聲
～にともない（文型）	隨著、伴隨著
～を通して（文型）	透過
～のおかげで（文型）	托…的福、拜…之賜

Memo

句型一

形容詞＋そうです（樣態）

樣態助動詞「～そうです」，前接「形容詞」時，表說話者「看到某人或者某物時，那事物給說話者感受到的直接印象」，也就是說話者根據自己親眼看到的印象所做出的推測。（※註：「いいです」→「よさそうです」；「ないです」→「なさそうです」。）

例句

・忙しそうですね。手伝いましょうか。（你很忙的樣子耶。我來幫你忙吧。）

・このスマホはカメラのレンズが３つもついていて、便利そうです。
（這個智慧型手機，附有三個相機鏡頭，看起來很方便。）

・このかばん、良さそうですね。（這個包包看起來不錯耶。）

・蔡さんは、服のセンスがなさそうですね。（蔡先生好像沒什麼衣著的品味。）

・井上さんはいつも寂しそうですから、彼女を紹介してあげようと思っています。
（井上先生總是看起來很寂寞的樣子，所以我打算介紹女朋友給他。）

・A：あの二人、幸せそうですね。（那兩個人看起來好幸福喔。）
　B：ええ。この間、付き合い始めたばかりですから…。
　　（是啊。前一陣子才剛開始交往而已。）

練習 A

1. このケーキ、美味し　　　　そうですね。
   彼は仕事がなくて、つまらな
   外は雪が降っていて、寒

2. おばあちゃんは、元気　　　　そうです。
   子供を育てるのは、大変
   あの店はガラガラで、店員さんは暇

練習 B

1. 例：忙しいです（ええ、アルバイトの人が休みですから）
   → A：忙しそうですね。
   　　B：ええ、アルバイトの人が休みですから。
   例：その本、難しいです（いいえ、そんなに難しくないですよ）
   → A：その本、難しそうですね。
   　　B：いいえ、そんなに難しくないですよ。
   ① 気分が悪いです（ええ、二日酔いなんです）
   ② そのノートパソコン、重いです（いいえ、とても軽いですよ）
   ③ 斎藤君は頭がいいです（ええ、東大出身ですから）
   ④ あの新人は真面目です（ええ、素晴らしい人材です）
   ⑤ このかばん、便利です（いいえ、重くて、持ち歩くのに大変なんです）
   ⑥ 日向ちゃん、嬉しいです（ええ、学級委員長に選ばれたんです）

句型二

形容詞＋なさそうです

「そうです」前接イ形容詞時，其否定型態為「～く＋なさそうです」；前接ナ形容詞或名詞時，其否定型態為「～では（じゃ）＋なさそうです」，用來表達「外觀上看起來並不 ...」。（※註：「つまらない、危ない、少ない、汚い」本身並非否定的詞彙，因此並不是改為「～なさそうです」，而是比照「句型1」肯定時的改法。）

例句

・このケーキ、美味しくなさそうですね。（這個蛋糕，看起來不好吃的樣子。）

・晴翔君、元気じゃなさそうだね。どうしたんだろう。
（晴翔君看起來沒什麼精神，不知怎麼了。）

・あの店員は、日本人じゃなさそうですね。（那個店員好像不是日本人。）

・地図で見ると、遠くなさそうだから、歩いて行こう。
（看地圖感覺應該不太遠，用走的去吧！）

・この界隈はあまり安全じゃなさそうだから、早く離れたほうがよさそうね。
（這一帶似乎不太安全，還是早點離開比較好。）

・この単語、英語ではなさそうですね。フランス語かもしれませんね。
（這個單字，看起來不太像是英文耶。搞不好是法文。）

練習A

1. この漫画、面白く　　　なさそうです。
   この街、便利じゃ
   あの人、うちの社員じゃ

2. この本、つまらな　　　そうです。
   あの乗り物、危な
   彼は恋愛経験が少な
   陽平君の部屋、汚な

練習B

1. 例：清水さん・忙しくないです　→　清水さんは、忙しくなさそうです。
   例：劉さん・元気じゃないです　→　劉さんは、元気じゃなさそうです。
   ① あの先生の授業・面白くないです
   ② この椅子・丈夫じゃないです
   ③ 彼・お金がないです

2. 例：あの映画は、面白いでしょうか。
   →　いいえ、あまり面白くなさそうです。
   ① あの店のケーキは、美味しいでしょうか。
   ② あの先生は、有名でしょうか。
   ③ 佐々木さんの彼氏は、いい男でしょうか。

句型三

動詞＋そうです（徵兆・預測）

　　樣態助動詞「～そうです」，前方只能接續動詞與形容詞，不可接續名詞。前接「動詞」時，用於表達說話者「看到事物時，自己判斷某事即將要發生」，也就是有事情即將要發生的徵兆。亦可用於表達說話者「對於近未來即將會發生之事、或事情將來走向的預測或判斷」時。

例句

・荷物が落ちそうです。（啊，行李好像要掉下來了。）

・地震で、家が倒れそうだ。（因為地震，房子好像快要倒塌了。）

・今にも雨が降りそうだから、傘を持っていったほうがいいよ。

（因為現在看似快下雨了，所以你最好帶傘去。）

・日本の生活に慣れるのに、もう少し時間がかかりそう（だ）。

（要習慣日本的生活，看樣子還需要一些時間。）

・A：空いている席、ないですね。（沒有空位耶。）
　B：あ、あそこの席が空きそうですよ。　もう少し待ちましょう。

　　　（啊，那裡的位置好像快要空了，再等一下吧。）

・少子高齢化にともない、ペットを飼う人はさらに増えそうだ。

（隨著少子高齡化，養寵物的人看來應該會變多。）

16

練習A

1. 火が消え　　　　　　そうです。
   シャツのボタンが取れ
   もうすぐ雨が降り
   彼女は今にも泣き出し

2. もう少しで涼しくなり　　　　　　そうです。
   物価の高騰は暫く続き
   日本の人口はさらに減り

練習B

1. 例：電球が切れます・新しいのと替えました
   → 電球が切れそうですから、新しいのと替えました。
   ① そろそろ雨が止みます・もう少し待ちましょう
   ② バスが行っちゃいます・急いでください
   ③ トイレットペーパーがなくなります・買っておいてください

2. 例：このかばんはデザインがおしゃれです・売れます
   → このかばんはデザインがおしゃれですから、売れそうです。
   ① 円安です・海外からの観光客がこれからも増えます。
   ② 今年は暖冬です・桜が予想より早く咲きます。
   ③ あちこちで戦争が起こっています・食糧の価格がさらに上がります。

句型四

動詞＋そうに（も）ないです

「そうです」前接動詞時，否定型態為「～そうに（も）ないです／ありません」，用來表達「某事沒有發生的徵兆」或「（悲觀地預測）某事不會發生」。

例句

・夜になっても、雨が止みそうもないね。（看樣子晚上似乎雨也不會停了。）

・ああ、疲れた。もうこれ以上歩けそうにないわ。（啊，好累。我再也走不動了。）

・仕事が終わらないので、今晩の忘年会に行けそうにありません。
（因為工作做不完，看樣子應該沒辦法去今晚的忘年會＜吃尾牙＞了。）

・課長：井上くん、蔡君は仕事が終わりそうもないから、手伝ってあげて。
（井上，小蔡他工作看樣子是做不完了，你去幫他。）
井上：はい。承知しました。（是的。了解。）

・Ａ：今急いでそっちに向かっているんだけど、約束の時間に
　　間に合いそうになくて…。（我現在正趕過去，但看樣子應該趕不上約定的時間了。）
　Ｂ：じゃあ、先に店に入ってるから、ゆっくり来てね。
　　（那我先進店裡等你，你慢慢來喔。）

・円安の流れは、当面変わりそうにないから、円預金を米ドルに変えましょう。
（日圓下跌的趨勢應該暫時不會改變，把日圓存款轉換成美元吧。）

練習A

1. この漫画は面白くない　　から、　売れ　　　　　　そうもないです。
   今日は仕事が多い　　　　　　定時に帰れ
   まだ子供だ　　　　　　　　　大人の事情を理解でき

練習B

1. 例：雪は止むでしょうか。
   → 止みそうにありませんね。
   ① 陽平君は来るでしょうか。
   ② この病気は一週間で治るでしょうか。
   ③ あの会社の株って、上がるでしょうか。
   ④ 新しいシステムの使い方を、一晩で覚えられるでしょうか。
   ⑤ 5,000万円で、都内の3LDKの家が買えるでしょうか。

2. 例：今日は仕事が多くて、定時に帰れません。
   → 今日は仕事が多くて、定時に帰れそうもないです。
   ① 物価が上がっても、私の給料は上がりません。
   ② 不景気ですから、お客さんは増えません。
   ③ この仕事は難しくて、私一人ではできません。

本文

（井上先生是石川小姐公司的前輩，兩人在辦公室抱怨樓上的噪音）

井上：ガンガンうるさいなあ。上の階、何やってんだ。
石川：最近、この時間になると、工事が始まるんですよ。
　　　リフォームをしているから、当分の間、
　　　この騒音は続きそうですよ。
井上：これじゃ、落ち着いて仕事ができそうもないじゃん。
　　　よし、上（へ）行って、文句を言ってやろう！
石川：やめたほうがいいですよ。
　　　上の人、怖そうだし、感じ悪そうだし、それに、
　　　日本人ではなさそうだから、
　　　言ってもわかってくれるかどうか…。
　　　それより、管理組合を通して、
　　　言ってもらったほうがいいと思いますよ。

07. 上の階、何やってんだ。
　① お前、何呑気なこと言っていますか
　② お前、誰のおかげで飯食っていますか

08. よし、上に行って、文句を言ってやろう！
　① あいつが入社したら、しごきます
　② 逆らう奴らを全員殺します

09. 日本人ではなさそうだから、言ってもわかってくれるかどうか…。
　① 美味しくないです・割引します・お客様が買います
　② このかばんは有名なブランドではありません・
　　リサイクルショップに持ち込みます・買い取ります

10. 管理組合を通して、言ってもらったほうがいいと思いますよ。
　① 弁護士・話し合います
　② 正規なルート・送金します

11. こう毎日うるさくされては、頭がおかしくなりそうだ。
　① 妻に毎月それだけお金を使われます・破産してしまいます
　② こんなに働かされます・過労死しちゃいます

12. そんなに気になるなら、今日は向こうのカフェで仕事をしてきたらどうですか。
　① 彼女が好きです・プロポーズしてみます
　② 彼のことが気になります・お茶にでも誘います

延伸閱讀

リフォームの注意点

　リフォーム工事をする時には、いくつか大切なことに気をつけなければなりません。

　まず、マンションで工事をする前に、その建物の管理組合に許可をもらう必要があります。管理組合に、工事の内容や時間、いつ始まっていつ終わるのかを伝えて、承認してもらいます。特に、騒音（大きな音）や振動（揺れ）がある工事は、制約が厳しいことがあります。

　次に、近所の人たちへの挨拶も大切です。工事が始まる前に、隣や上の階、下の階の人たちに「これから工事をします」と伝えて、どんな工事をするのか、どれくらいの期間がかかるのか、どの時間帯に工事をするのかを説明します。これをすることで、近所の人たちに迷惑をかけないようにし、理解してもらいましょう。

　また、工事をする業者さんとの契約も大事です。工事の内容、費用、どれくらい時間がかかるか、保証についてなど、ちゃ

んとした契約書を作ってもらいましょう。そして、工事が進んでいるかどうか、定期的に現場に行って確認しましょう。見積もり（最初に聞いた費用）と実際の費用が違わないように注意し、もし追加の費用がかかる場合は事前に教えてもらいましょう。

工事期間中は、大きな音や揺れだけでなく、建物の共有部分の使い方にも注意しなければなりません。工事の資材や工具を運び込む時には、エレベーターや通路の使い方を管理組合や住人と調整するか、専用のエレベーターを使いましょう。工事が終わったら、周りをきちんと掃除して片付けることも大事です。

以上の要点をまとめると、リフォーム工事をする時には、管理組合との話し合い、近所の人たちへの配慮、業者との契約内容の確認が大切です。これらをしっかり守ることで、スムーズに工事を進め、トラブルを避けることができるでしょう。

50

生きるか死ぬかの瀬戸際だそうよ。

① 〜そうな＋名詞

② 〜そうに＋動詞

③ 〜（だ）そうです（傳聞）

④ 〜んだって

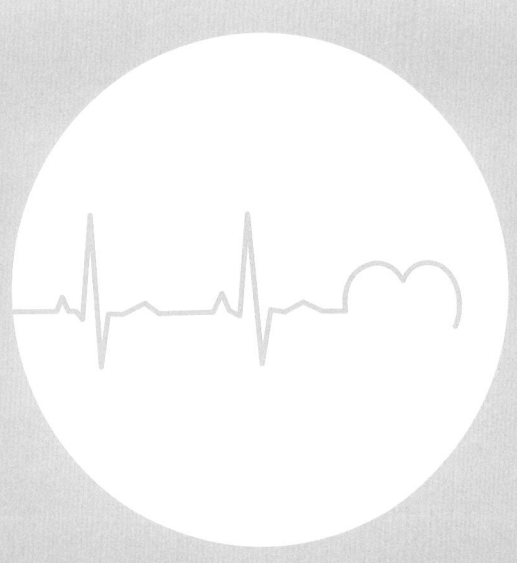

單字

單字	中譯	單字	中譯
挟む（動/2）はさ	夾住	入隊する（動/0）にゅうたい	入伍（軍隊）
凍る（動/0）こお	結凍、結冰		
転ぶ（動/0）ころ	跌倒	得る（動/1）え	得到、獲得
轢く（動/0）ひ	（汽車等）輾、壓	ブチ切れる（動/4）き/ぎ	超過忍耐界線發飆
溺れる（動/0）おぼ	溺水	うまくいく（動/1-0）	事情順利進行
伸びる（動/2）の	增長、變長		
眺める（動/3）なが	眺望、注視看著	山を越える（慣）やま こ	度過生病難關
		気が合う（慣）き あ	情投意合的朋友
もがく（動/2）	掙扎、（痛苦）折騰	距離を置く（慣）きょり お	保持距離
収まる（動/3）おさ	平息、（問題）沈靜		
苦しむ（動/3）くる	痛苦、苦於…	莫大（ナ/0）ばくだい	極大
見下す（動/0或3）みくだ	輕視、看不起	今期（名/1）こんき	本期
目覚める（動/3）めざ	醒過來、睡醒	売上（名/0）うりあげ	營業額、銷售額
		不明（ナ/0）ふめい	不明、不清楚
遭難する（動/0）そうなん	遇難	不足（サ/0）ふそく	不足、缺少
気絶する（動/0）きぜつ	昏厥、一時失去意識	延期（サ/0）えんき	延期
対応する（動/0）たいおう	應對	体操（名/0）たいそう	體操
離婚する（動/0）りこん	離婚	丈夫（ナ/0）じょうぶ	堅固、身體健康

夫人（名/0）	夫人	わらび餅（名/3）	蕨餅（和菓子的一種）
肺炎（名/0）	肺炎		
到着（サ/0）	到達、抵達	ライブ（名/1）	（現場）演唱會
人数（名/1）	人數	ミサイル（名/2）	飛彈
数日（名/0）	數日、幾天	ハムスター（名/1）	倉鼠
		ワンピース（名/3）	連身裙（洋裝）
受信料（名/2）	收視費用		
可能性（名/0）	可能性	危うく（副/0）	差一點就…
自衛隊（名/0）	自衛隊	およそ（副/0）	大約、概略
追加料金（名/4）	補加、追加的費用	何度も（副/1）	屢次、再三
		今のところ（副/0）	現階段、目前
豚（名/0）	豬		
罠（名/1）	圈套、陷阱	～パック（助数）	包、盒的單位
大雪（名/0）	大雪		
お化け（名/2）	妖怪、鬼	北朝鮮（名/5）	北韓
子育て（名/2）	養育小孩		
瀬戸際（名/0）	緊要關頭、生死關頭		
気の毒（名/3 或 4）	感到可憐		

句型一

～そうな＋名詞

「～そうです」後接名詞時，使用「～そうな＋名詞」的型態。無論前方為形容詞還是動詞皆如此。

例句

・わあ、美味しそうなリンゴですね。1つください。
（看起來好好吃的蘋果喔。請給我一個。）

・A：新しい先生、どんな先生だった？（新老師是怎樣的老師呢？）
　B：厳しそうな先生だった。（感覺是個很嚴格的老師。）

・静かそうな喫茶店ですね。入って少し休みませんか。
（這咖啡館看起來很安靜，要不要進去休息一下下呢？）

・雨が降りそうな日は、なるべく出かけないようにしています。
（看起來會下雨的日子，我盡量都不出門。）

・A：おばあちゃん、元気だった？（奶奶好嗎？）
　B：なんか、元気じゃなさそうな感じだったよ。
　　（感覺不太有元氣。）

練習A

1. A：この写真見て。　B：寒そうな　　　　　　所ですね。
　　　　　　　　　　　　静かそうな
　　　　　　　　　　　　お化けが出そうな

2. 陽平君は、嬉しそうな　　　　　　顔をしています。
　　　　　　　悲しそうな
　　　　　　　今にも死にそうな
　　　　　　　今にも泣き出しそうな

練習B

1. 例：ピエールさん・難しい本を読んでいます
　　→　ピエールさんは、難しそうな本を読んでいます。
　① 呉さん・まずい飲み物を飲んでいます
　② 清水さん・高いかばんを持っています
　③ 五十嵐さん・真面目な人と付き合っています
　④ 3匹目の子豚・丈夫な家に住んでいます

2. 例：ゲーム（つまらない）
　　→　つまらなそうなゲームですね。
　① スポーツ（危ない）
　② シャツ（汚い）
　③ 人（友達が少ない）

句型二

～そうに＋動詞

「～そうです」後接動詞時，則是使用「～そうに＋動詞」的型態。此外，「動詞＋そうになった」，用於表達「差一點，險些就…」的意思。

例句

・子供たちは公園で楽しそうに遊んでいます。（小孩們在公園看起來很快樂地玩耍著。）

・罠に足を挟まれた狐は、苦しそうにもがいている。
（被捕獸夾夾住腳的狐狸，痛苦地掙扎著。）

・お爺ちゃんお婆ちゃんたちは、毎日元気そうに公園で体操をしています。
（爺爺奶奶們每天看起來很有精神地在公園做體操。）

・なぜ、みんなつまらなそうに働いているのか。
（為什麼每個人都看起來很無趣地在工作著。）

・大変そうに働いている人もいれば、楽しそうに働いている人もいる。
（有人看起來工作得很辛苦，但也有人看起來做得很輕鬆。）

・道が凍っていて、何度も転びそうになった。（道路結凍，我好幾次都差點跌倒。）

・ブチ切れそうになったら、一旦その場を離れて、相手と距離をおきましょう。
（如果忍不住快要發飆了，就暫且先離開現場，與對方保持距離吧。）

練習A

1. 陽平君は、嬉しそうに　笑っています。
　　　　　　幸せそうに

2. 隠していたテストが見つかり　そうになった。
　　もうちょっとで騙され
　　浮気が彼女にバレ

練習B

1. 例：青木さん・息子さんを見ています（心配です）
　→　青木さんは、息子さんを心配そうに見ています。
　① 子供たち・遊んでいます（元気です）
　② 穂花ちゃん・寝ています（気持ちいいです）
　③ 晴翔君・一人で本を読んでいます（いつも寂しいです）

2. 例：死にます　→　危うく死にそうになった。
　① 道で転びます
　② 階段から落ちます
　③ 海で溺れます
　④ 交差点で轢かれます
　⑤ 大怪我をします
　⑥ 山で遭難します

句型三

～（だ）そうです（傳聞）

本句型的「～そうです」為「傳聞助動詞」。前方接續普通形。用於表達述說的內容為「從別人那裏得到的情報」，也就是「二手資訊」。因此常常與「～によると／よりますと（根據）」、「～（話）では」等詞語併用。

例句

・天気予報によると、明日は大雪になるそうです。
（根據天氣預報，聽說明天會下大雪。）

・ニュースによりますと、インフレはしばらく収まらないそうです。
（根據新聞報導，通膨暫時不會緩和。）

・あの国の大統領は、すでに亡くなっているそうだ。
（那個國家的總統，聽說早就死了。）

・あのレストランの料理は、とても美味しいそうですよ。
今度一緒に食べに行きませんか。
（聽說那間餐廳的料理很好吃。下次要不要一起去吃呢？）

・友人の話では、子育ては思ったより大変だそうよ。
（根據朋友的說法，養育小孩比想像中的還要辛苦。）

・ガイドさんの話によると、真正面にあるのは雷門だそうだ。
（根據導遊的說法，在正前方的那個就是雷門。）

練習 A

1. アメリカの大統領が日本に来る　　そうです。
　　でも、大統領夫人は来ない
　　夫人は病気になった
　　大統領は首相には会わなかった

2. 長谷川さんが新しい部長だ　　　　　　　　　　　そうです。
　　あのビルは、去年まで都内で一番高いビルだった
　　今年の試験問題は、去年のより難しかった
　　去年の今頃は、桜はまだ咲いていなかった

練習 B

1. 例：中国にいる友人のSNS・中国は、今子供の肺炎で大変です
　　→　中国にいる友人のSNSによると、中国は今、
　　　　子供の肺炎で大変だそうです。
　① 父の話・兄は来年、自衛隊に入隊します
　② ニュース・北朝鮮がまたミサイルを発射しました
　③ 王さんからの手紙・大阪での起業がうまく行っています
　④ 乗り換えアプリ・次の電車の到着は、およそ20分後です

2. 例：昨日予約していたお客様、結局来ませんでした（社長が怒っています）
　　→　A：昨日予約していたお客様、結局来なかったそうですよ。
　　　　B：それで、社長が怒っているんですね。
　① 李さんが飼っていた猫が亡くなりました（彼は元気がありません）
　② あの店のラーメン、美味しいです（いつも行列ができています）

句型四

〜んだって

「〜んだって」為「句型3」傳聞助動詞「〜（だ）そうです」的口語講法。特別需要注意前方接續ナ形容詞與名詞時，必須使用「〜なんだって」的形式。此外，「〜（だ）そうです」不可使用於疑問句，但「〜んだって」可以有疑問句形式的表達。

例句

・明日は大雪になるんだって。（聽說明天會下大雪。）

・山口さんは、明日来ないんだって。（聽說山口小姐明天不會來。）

・あいつが死んだんだって。（聽說那傢伙死了。）

・明日から寒いんだって。（聽說明天會變冷。）

・子育ては思ったより大変なんだって。（聽說養小孩比想像中的還要辛苦。）

・A：お兄さんは、来年自衛隊に入隊するんだって？（聽說你哥明年要加入自衛隊？）
　B：ええ、そう言ってたよ。（是啊，他是這麼說的。）

・A：あの映画、すごく面白いんだって？（聽說那個電影很好看啊？）
　B：いや、それほどでも。（不，我覺得還好而已。）

練習A

1. 明日は晴れる　　　　　　　　んだって。／んだって？
   台風は来ない
   彼が会社を辞めた
   今年はボーナスが出ない
   彼が作った料理、美味しい
   彼がお前のことが好きな
   あの人が社長の愛人な
   今度の試験は難しかった
   彼女は昔、芸能人だった

練習B

1. 例：佐々木君は大学を卒業したら、アメリカへ留学したいです
   → 佐々木君は大学を卒業したら、アメリカへ留学したいんだって？
   ① 円安が進めば進むほど、株価が上がります
   ② あの歌手はライブ中に立ったまま気絶しました
   ③ 井上さんは去年結婚したばかりです
   ④ ドバイの様子は彼が想像していた通りでした
   ⑤ えっ？遊園地で後ろから頭を殴られました
   ⑥ 佐々木君は留学するために貯金をしています
   ⑦ これ、冷やすと美味しいです
   ⑧ テレビを買ったら、NHKの受信料を払わないと駄目です

本文

（佐佐木先生與五十嵐小姐是大學同學，兩人在咖啡店討論關於旅行的話題）

五十嵐：静かそうな店ね。ちょっと入らない？
佐々木：そうしよう。

五十嵐：旅行の件、もう決まった？
佐々木：それがね、楊君が中国に帰国するから行かないって。
五十嵐：えっ？何だって？それじゃあ、人数が足りないじゃん。
佐々木：なんか、お父様が交通事故に遭って、
　　　　今生きるか死ぬかの瀬戸際だそうよ。
五十嵐：そうか、気の毒だね。だからここんとこ、
　　　　心配そうに電話で話してるんだ。
佐々木：ここ数日が山だそうよ。
　　　　もっとも、この山を越えても、
　　　　一生目覚めない可能性もあるんだって。

五十嵐：で、楊君はいつ日本に帰ってくるの？

佐々木：今のところまだ何も…。

　　　　もしかしたらこのまま学校を辞めるかもしれないって。

五十嵐：じゃあ、旅行は人数不足で、

　　　　キャンセルするしかないね。

佐々木：キャンセルするなら、

　　　　20％のキャンセル料が発生するそうよ。

　　　　延期だけだったら追加料金が発生しないそうだから、

　　　　旅行会社の人は、一ヶ月以内に誰か代わりの人を見つけ

　　　　てくれば、変更に対応してくれるんだって。

五十嵐：じゃあ、誰を誘おうかなあ。隣のクラスの鄭君って人、

　　　　どう？

佐々木：いいねえ！鄭君なら話しやすそうだし、

　　　　みんなと気が合いそうだから、誘っちゃおう！

語句練習

01. おばあちゃん、元気じゃなさそうな感じだったよ。
    ① 昨日拾ってきたハムスター、今にも死にそうです
    ② 菫ちゃん、今にも泣き出しそうです

02. 大変そうに働いている人もいれば、楽しそうに働いている人もいる。
    ① 戦争で死にます・莫大な利益を得ます
    ② 人生を楽しんでいます・人生に苦しんでいます

03. 友人の話では、子育ては思ったより大変だそうよ。
    ① 先生・日本の経済・よくないです
    ② 社長・今期の売上・伸びませんでした

04. 兄は、来年自衛隊に入隊するって言ってたよ。
    ① 陽平君は穂花ちゃんのことが好きです
    ② みんながそのワンピース、すごく可愛いです

05. 静かそうな店ね。ちょっと入らない？
    ① 美味しい・わらび餅・1パック買いませんか
    ② 面白い・ゲーム・ダウンロードして遊んでみませんか

06. 旅行の件、もう決まった？
    ① 論文のテーマ
    ② 母の日に何をあげるか

07. 楊さんは中国に帰国するから、旅行には行かないって。
① 晴翔君はバイトで疲れています・今晩みんなと一緒に飲みに行きません
② 五十嵐さんはこの辺りは治安が悪くなりました・引っ越したいです

08. それじゃあ、人数が足りないじゃん。
① 決められない会議なら、やる意味がありません
② やってみなきゃ、うまくいくかどうかわかりません

09. だからここんとこ、心配そうに電話で話してるんだ。
① 悲しい・彼女の写真を眺めています
② 偉い・人を見下しています

10. 今のところ、まだ何も…。
① 問題はありません
② 原因は不明です

11. もしかしたら、学校を辞めるかもしれません。
① あの二人は離婚します
② 彼が会社を辞めるのはただの噂です

12. 延期だけだったら、追加料金が発生しないそうです。
① 寝る・この安いホテルで十分です
② 今日・付き合ってやってもいいよ

延伸讀讀

旅行計画

　　旅行の計画を立てる時、以下の点を注意しなければなりません。

　　まず、旅行をキャンセルする場合のルールを知っておくことが大事です。たとえば、佐々木さんたちが話しているように、旅行をやめると20％のお金を払わなければならないことがあります。なので、旅行を予約する前に、キャンセルするとどのくらいお金がかかるのかを確認しておきましょう。

　　次に、旅行の日にちを変えたい時のことも考えたほうがいいです。佐々木さんたちの話では、人数が足りなくなったので、旅行の日を遅らせることを考えています。この場合、追加のお金がかからないと言っていますが、旅行会社によっては、日付を変えただけでもお金がかかる場合があるので、そのルールを事前に確認しておくといいでしょう。

　　また、旅行に行く人の健康や家族の事情も考えておくことが大切です。楊君のように、家族に急なことがあって、旅行に行け

なくなることもあります。この場合、他の人を代わりに誘うことで、旅行に予定通りに行くことができるかもしれません。なので、誰かが行けなくなったときのために、代わりに行ける人を考えておくのもいいかもしれません。

最後に、旅行の保険についても考えておいたほうがいいです。保険に入っていると、急にキャンセルしたり、日付を変えたりする時の費用をカバーしてくれることがあります。特に海外旅行の時には、保険があるととても助かります。旅行前に保険の内容を確認して、必要なら追加で保険に入っておきましょう。

以上のように、旅行を予約する時には、キャンセルのルールや日付変更の規定、参加する人の健康状態、そして旅行保険などに注意を払うことが大切です。これで、急なことが起きても安心して旅行を楽しむことができるでしょう。

Memo

51

外国人みたいな人と歩いているのを見ちゃった。

1. 〜ようです（推量）
2. 〜ようです（比況）
3. 〜ような／ように（例示）
4. 〜みたいです

單字

單字	中譯	單字	中譯
狂う（動/2）	發瘋、瘋狂	服装（名/0）	服裝、穿衣
避ける（動/2）	躲避、避開	半袖（名/0 或 4）	短袖
溢れる（動/3）	充滿、溢出	気候（名/0）	氣候、天氣
過ごす（動/2）	度過、過活	夕方（名/0）	傍晚、黃昏
		農薬（名/0）	農藥
演奏する（動/0）	演奏（樂器）	既読（名/0）	（訊息）已讀
		路上（名/0）	路邊、路上
言い出す（動/3）	說出、起頭講的	部活（名/0）	社團活動
酔っ払う（動/0）	喝醉酒（爛醉）	金髪（名/0）	金髮
乗り換える（動/4 或 3）	換男女朋友	映像（名/0）	影像
引き受ける（動/4）	答應、接下工作	彫刻（名/0）	雕刻
		格安（名/0）	價格非常便宜
コクる（動/2）	告白的年輕人用語	上品（ナ/3）	文雅、高尚、有氣質
ヤる（動/0）	做愛的俗稱	説教（サ/3）	說教、規勸教誨
フラれる（動/0）	被甩掉	増税（サ/0）	增稅
		助手（名/0）	助手、助理、大學助教
顔を出す（慣）	露臉、來參加	雑用（名/0）	雜事、瑣事
腕を組む（慣）	挽著對方的手	満天（名/0）	滿天

消費税（名/3）	類似台灣的營業稅	おなら（名/0）	屁、放屁
大都会（名/3）	大都會、大城市	こたつ（名/0）	電暖桌
独裁的（ナ/0）	獨裁、專政	目の前（名/3）	眼前、前面
緊張感（名/3）	緊張感		
遠近感（名/3）	遠近感	朝っぱら（名/0）	大清早
		くしゃみ（名/2）	（打）噴嚏
蟻（名/0）	螞蟻		
鬼（名/2）	鬼	匂い（イ/2）	氣味
形（名/0）	形狀、樣子	甘酸っぱい（イ/5或0）	酸酸甜甜
お城（名/0）	城、城堡	くだらない（連/0）	無聊
豪邸（名/0）	豪宅		
真冬（名/0）	嚴冬、隆冬	メロン（名/1）	甜瓜、哈密瓜
真夏（名/0）	盛夏	コーラ（名/1）	（飲料）可樂
		オレンジ（名/2）	橘子、柳橙
長靴（名/0）	長筒靴	イヤホン（名/1或2）	耳機
香水（名/0）	香水	ゴーグル（名/1或0）	眼罩式眼鏡
掛け布団（名/3）	（蓋的）被子	ショック（名/1）	受到精神上的打擊
		サラリーマン（名/3）	上班族

單字

單字	中文
オーケストラ（名/3）	管弦樂團
スターウォーズ（名/4）	星際大戰
どうも（～ようだ）（副/1）	總覺得…
どうやら（副/1）	大概是、應該是要…
こないだ（副/0）	前些日子
まるで（副/0）	好像、宛如
すらすら（副/1）	流利地
下手(へた)したら（慣）	搞不好…最差的情況

Memo

句型一

〜ようです（推量）

　　本句型的「〜ようです」表「推量、推測」。前方接續名詞修飾形。是說話者綜合視覺、聽覺、嗅覺、味覺、觸覺等五感的感受所做出的推論。

　　不同於第50課「句型3」的「〜（だ）そうです」用於表達「二手資訊」，本用法所推導出來的結論都是說話者觀察而來的「一手資訊」。經常與副詞「どうも」一起使用。此外，「ような気がします」則用於「說話者不太有把握的，直覺上的推論」。

例句

・くしゃみが止まらない。どうも風邪を引いたようだね。（總覺得好像感冒了。）

・山口さんは試験に合格しなかったようです。落ち込んでいるようですから。
（山口小姐很像考試沒及格。因為她看起來情緒低落的樣子。）

・Ａ：外にいる人はみんな傘をさしていますね。（外面的人，每個人都撐傘耶。）
　Ｂ：ええ、雨が降っているようですね。（對啊，似乎在下雨。）

・あの人の服装から見ると、彼はサラリーマンではないようです。
（從那個人的衣著來看，他應該不是上班族的樣子。）

・彼が会社をクビになったのは、どうやら本当のようね。
（他被公司開除了這件事，看來是真的。）

・都内では半袖で過ごせますが、山の気候はまだまだ寒いようです。
（在都內可能穿短袖就可以了，但山上的氣候很像還很冷。）

練習A

1. 空が暗くなっています。　　　夕方から雨が降る　　　ようです。
   電気が消えていますね。　　　事務室には誰もいない
   外がうるさいですね。　　　　誰か来た
   ベッドが綺麗なままですね。　彼は昨日寝なかった

2. この肉は少し古い　　　ようですね。　　変な匂いがします。
   課長はお酒がお好きな　　　　　　　　俺、毎日飲みに誘われているんです。
   斎藤さんは独身の　　　　　　　　　　奥さんの話が全然出てこないんです。

3. 彼は嘘をついている　　　ような気がします。
   以前どこかでその話を聞いた
   最近、彼から避けられている

練習B

1. 例：隣の部屋から音がしますね。（ええ、誰かいます）
   → ええ、誰かいるようですね。
   ① いい匂いがしますね。（ええ、母が料理をしています）
   ② ああ、頭が痛いです。（どうやら飲みすぎました）
   ③ この野菜、変な味がしますね。（うん。農薬がいっぱい使われています）
   ④ LINE、全然既読にならないですね。（うん。彼、忙しいです）
   ⑤ 佐々木君はいつも高そうなかばんを持っていますね。
     （ええ、佐々木君はお金持ちです）

句型二

～ようです（比況）

　　本句型的「～ようです」表「比況、比喻」。意思是「將某事物或狀態比喻成其他不同的事物」，經常與副詞「まるで」一起使用。後接名詞時，以「～ような＋名詞」的形式，後接動詞或形容詞時，則為「～ように＋動詞／形容詞」的形式。

例句

・東京タワーの上から見ると、人はまるで蟻のようです。
（從東京鐵塔上來看，人就有如螞蟻一般。）

・彼はもう社会人なのに、考え方は子供のようです。
（他都已經是社會人士了，想法還跟小孩一樣。）

・最近は休みもなく、まるでロボットのように働いている。
（最近都沒休假，就有如機器人一般地工作。）

・あの鬼のような顔の女の人は誰？（那個像鬼一樣＜猙獰＞面孔的女人是誰？）

・酔っ払って路上で倒れている男は死んだように眠っている。
（醉倒在路邊的男人，就有如死掉般地睡著。）

・このイヤホンは音質がよくて、まるでオーケストラが目の前で演奏しているようだ。（這個耳機的音質很好，彷彿就像是管弦樂團在眼前演奏一樣。）

練習A

1. 兄はアニメが大好きで、　まるで　子供の　　　　ようです。
   部長の娘さんは上品で、　　　　お姫様の
   この絵は遠近感があって、　　　その場にいる

2. 今日は寒くて、真冬の　ような　天気だね。
   このケーキはメロンの　　　　　味がする。
   朝っぱらから死んだ　　　　　　顔をするな。

3. あの女の心は氷の　　ように　冷たい。
   日本人は、みんな蟻の　　　　一生懸命働いている。
   犬は狂った　　　　　　　　　走り出した。

練習B

1. 例：掛け布団・こたつ・暖かい
   → この掛け布団は、こたつのように暖かい。
   例：飲み物・薬・味がする
   → この飲み物は、薬のような味がする。
   ① 今日・真夏・暑い
   ② ピエールさん・日本人・日本語が上手だ
   ③ 彼・子供・考え方をしている
   ④ イタリア・長靴・形をしている
   ⑤ この香水・おなら・匂いがする

句型三

〜ような／ように（例示）

「〜ような／ように」亦可用於表「例示、舉例」。意思是「列舉出一個具體的例子，說明接續在後面的事物或動作」。此用法只會以「〜ような、〜ように」的形式出現。

例句

・東京のような大都会では、満天の星空を観ることはなかなかできません。
（要在像東京這樣的大都會看到滿天的星空，相當困難。）

・病気の時は、コーラのような冷たい飲み物を飲まないほうがいいよ。
（生病的時候，最好不要喝像可樂這種冷飲喔。）

・彼女のように、日本語がすらすら話せたらいいなぁ。
（如果日文能說得像她這麼流利就好了。）

・芸能人が着るような服が欲しい。　（我想要像是藝人在穿的那種衣服。）

・給料が高くても、体を壊すような仕事はしないほうがいいと思いますよ。
（儘管薪水很高，但還是不要做那種會搞壞身體的工作比較好喔。）

・彼は、あなたが思っているようないい男じゃないよ。
（他可不是你想像中的那種好男人喔。）

練習A

1. 京都の　　　　　ような　町　　　に住んでみたい。
   お城の　　　　　　　　　家
   スイスの　　　　　　　　国
   映画に出てきた　　　　　豪邸

練習B

1. 例：それはどんな町ですか。（奈良・古い）
   → 奈良のような古い町です。
   ① それはどんな味ですか。（オレンジ・甘酸っぱい）
   ② それはどんな国ですか。（中国・独裁的な）
   ③ それはどんな家ですか。（どこにでもある・普通の）
   ④ それはどんな仕事ですか。（助手・雑用が多い）
   ⑤ それはどんな映画ですか。（スターウォーズ・緊張感あふれる）
   ⑥ それはどんな病気ですか。（下手したら死ぬ・難しい）

句型四

〜みたいです

「〜みたいです」為「〜ようです」的口語表現，一樣有推量、比況以及例示三種用法。唯前方接續ナ形容詞與名詞時的方式不同。（※註：「静かなようです／静かみたいです」、「雨のようです／雨みたいです」。）

例句

【推量】

・くしゃみが止まらない。どうも風邪を引いたみたいだね。

（噴嚏停不下來，總覺得好像感冒了。）

・彼が会社をクビになったのは、どうやら本当みたい。

（他被公司開除了這件事，看來是真的。）

【比況】

・彼はもう社会人なのに、考え方は子供みたいです。

（他都已經是社會人士了，想法還跟小孩一樣。）

・あの鬼みたいな顔の女って誰？　（那個像鬼一樣＜猙獰＞面孔的女人是誰？）

【例示】

・東京みたいな大都会では、満天の星空を観ることはなかなかできません。

（要在像東京這樣的大都會看到滿天的星空，相當困難。）

・彼女みたいに、日本語がすらすら話せたらいいなぁ。

（如果日文能說得像她這麼流利就好了。）

練習A

1. 夕方、雨が降る　　　　　　　　みたいです。
   事務室には誰もいない
   誰か来た
   山口さんは、試験に合格しなかった
   この肉は少し古い
   課長はお酒がお好き

2. 兄はアニメが大好きで、まるで子供　みたい。
   斎藤さんって、あの金髪の外国人　　みたいな　人？
   日本人は、みんな蟻　　　　　　　　みたいに　一生懸命働いている。

3. 京都　　　　　みたいな　町　　に住んでみたい。
   お城　　　　　　　　　　家
   スイス　　　　　　　　　国
   映画に出てきた　　　　　豪邸

本文

（男大生晴翔與女大生日向，在討論有關同學小菫交男朋友的事）

晴翔：菫ちゃん、最近部活に顔を出さないね。どうしたんだろう。

日向：どうも、恋人ができたみたいだよ。

晴翔：えっ？それ、いつの話？

日向：こないだね、私、菫ちゃんが金髪で外国人みたいな人と歩いているのを見ちゃった。

晴翔：その人、俺も見たことがある。

うちの学校の人ではないようだね。

俺、菫ちゃんのことが好きだったから、ショック！

日向：何、そのフラれたような顔？そもそも晴翔君は菫ちゃんと付き合ってもいないでしょう。

うちのクラスの琥太郎君ってさあ、どうも菫ちゃんと付き合っていたようだから、最近、かなり落ち込んでいるみたいよ。

晴翔：あーあ。俺、日向ちゃんと付き合っちゃおうかな。
日向：何それ、バカみたい。
晴翔：いや、日向ちゃんのような優しい子だったら、
　　　付き合ってみてもいいかなあと思ってみただけだよ。
日向：あたし、あんたみたいなバカはごめんだわ。

晴翔：日向ちゃんはどんな男がタイプ？
日向：そうねえ。私は陽平君のような真面目な人が好きかな。
晴翔：じゃあ、陽平君にコクっちゃえよ。
　　　あいつ、彼女いないみたいだから。
日向：でも、陽平君はオジさんみたいにうるさいから、
　　　付き合うと疲れちゃいそう。

語句練習

01. どうも風邪を引いたようだ。
   ① この肉は腐っています
   ② それは詐欺です

02. ＶＲゴーグルで見た映像は、まるで目の前にいるようだ。
   ① この彫刻・生きています
   ② あの子の考え・大人です

03. あの人の服装から見ると、彼はサラリーマンではないようです。
   ① 彼の嬉しそうな様子・きっと大学に受かったのだろう
   ② 外国人・日本は円安の影響で物価が格安の国なんです

04. 彼は、あなたが思っているようないい男じゃないよ。
   ① 本当の私・すごい人間
   ② ツアーガイド・楽しい仕事

05. こないだ、菫ちゃんが金髪で外国人みたいな人と歩いているのを見ちゃった。
   ① 穂花ちゃん・陽平君と教室でキスしています
   ② 佐々木君・芸能人のようなイケメンと腕を組んで街を歩いています

06. そもそも晴翔君は菫ちゃんと付き合ってもいないじゃない。
   ① 君がやれって言い出しただろ？
   ② こうなったのはお前のせいだ

07. そもそも晴翔君は菫ちゃんと付き合ってもいないじゃない↘。
　① 私のこと、好きだと言った
　② こうなったのも、全部あなたのせい

08. 俺、日向ちゃんに乗り換えようかな。
　① 今日、学校を休もう
　② 私、陽平君とヤっちゃおう

09. 優しい子だったら、付き合ってみてもいいかなあと思ってみただけです。
　① 安いです・試しに使います
　② イケメン・デートします

10. あんたみたいなバカはごめんだ。
　① これ以上の消費税の増税
　② くだらないお説教

11. 陽平君にコクっちゃえよ。
　① あの人と仲直りしたいなら、素直に謝りましょう
　② やりたい仕事でしょう。だったら引き受けましょう

12. 陽平君と付き合うと疲れちゃいそう。
　① 今の仕事をこのまま続けます・死にます
　② 何かしていません・寝ます

61

延伸閱讀

恋愛関係

　　大学生が恋人と付き合うときには、いろんなことを考えなければなりません。同棲や学校での触れ合い、男の子同士や女の子同士のカップルなど、いろいろな形の恋愛があります。それぞれに楽しいことや大変なことがあります。

　　まず、同棲についてです。同棲というのは、一緒に住むことです。大学生は勉強だけでなく、自分の生活を整えることでも大事な時期です。一緒に住むと、たくさんの時間を一緒に過ごすことができますが、お互いのプライバシーや生活のリズムを大事にすることも必要です。たとえば、一緒に住むルールを決めたり、勉強の時間と遊ぶ時間をきちんと分けたりすることが大事です。

　　次に、学校での触れ合いについてです。恋人同士でいることをみんなに知らせるかどうかは、自分たちで決めます。学校での触れ合い方も考えなければなりません。たとえば、公共の場でのスキンシップには気をつけましょう。あまりイチャイチャしていると周りの人の迷惑になることもあります。でも、互いに支え合うことで、勉強や他の活動にもいい影響を与えますし、一緒に勉

強することや、友だちと遊ぶことも楽しいです。

　また、同性カップルについても少し考えてみましょう。大学は、いろんな人がいて、多様性のある場所です。でも、まだ一部には偏見や差別があるかもしれません。男の子同士や女の子同士のカップルは、まだ周りの理解を得ることが難しいこともありますが、大学にはLGBTQ+サポートグループや相談できる場所があるところもあります。何か困ったことがあったら、そこで相談してみるのもいいかもしれません。

　大学生活は、自分を成長させるだけでなく、他の人との関係を深める大事な時期です。恋愛を通じて、多くの喜びや挑戦を経験することになりますが、お互いの尊重と理解があれば、より良い関係を築くことができるでしょう。同棲、学校での触れ合い、LGBTのカップル、それぞれの形に合わせて、自分たちにとって最適な関係を模索し続けることが、互いの成長にもつながります。

Memo

52

仮想通貨って、儲かるらしいね。

1. 〜らしい（接尾辞）
2. 〜らしい（助動詞）
3. 〜より　〜のほうが
4. 〜というより

單字

叫ぶ（動/2）	喊叫	マスターする（動/1）	掌握、精通
狙う（動/0）	瞄準、以…為目標	のんびりする（動/3）	悠然地
捗る（動/3）	（工作）進展順利		
儲かる（動/3）	賺錢、得利	睡眠を取る（慣）	睡眠
振る舞う（動/3）	動作、行為舉止	勇敢（ナ/0）	勇敢
突っ込む（動/3）	投入、插入、塞進	乱暴（ナ/0）	粗魯、粗暴
積み立てる（動/4）	累積儲蓄	天才（名/0）	天才
目減りする（動/0）	價值減少、耗損	学者（名/0）	學者
		教授（名/0）	教授
誘拐する（動/0）	誘拐、拐騙	専務（名/1）	常務董事、執行董事
転勤する（動/0）	調職	プロ（名/1）	職業、專業人員
投票する（動/0）	投票		
分析する（動/0）	分析	大根（名/0）	蘿蔔
保有する（動/0）	持有、保有	三文（名/1）	三文錢、很少的錢
決断する（動/0）	（果斷）下決定	自宅（名/0）	自己的家
学習する（動/0）	學習	中継（サ/0）	實況轉播
進化する（動/1）	進化	天狗（名/0）	天狗（想像中的妖怪）

個人(こじん) (名/1)	個人	深夜(しんや) (名/1)	深夜
節税(せつぜい) (サ/0)	節稅	翌年(よくねん) (名/0)	下一年、隔年
権利(けんり) (名/1)	權利		
義務(ぎむ) (名/1)	義務	感染者(かんせんしゃ) (名/3)	感染者
敬語(けいご) (名/0)	敬語	新発売(しんはつばい) (名/3)	新發售
研修(けんしゅう) (サ/0)	進修、研修	倹約家(けんやくか) (名/0)	節儉的人
人災(じんさい) (名/0)	人禍	全財産(ぜんざいさん) (名/1-1)	全部的財產
性格(せいかく) (名/0)	性格		
猥雑(わいざつ) (ナ/0)	下流雜亂的	投資信託(とうししんたく) (名/4)	投資信託
犯罪(はんざい) (名/0)	犯罪	学歴社会(がくれきしゃかい) (名/5)	重學歷的社會
投機(とうき) (名/1)	投機	運動神経(うんどうしんけい) (名/5)	運動神經
状態(じょうたい) (名/0)	狀態、情況	資産運用(しさんうんよう) (名/4)	投資理財
現象(げんしょう) (名/0)	現象	経済情勢(けいざいじょうせい) (名/5)	景氣狀況
預金(よきん) (サ/0)	存款	安全資産(あんぜんしさん) (名/5)	無風險資產
資産(しさん) (名/1)	財產、資產	一攫千金(いっかくせんきん) (名/0)	一獲千金
通貨(つうか) (名/1)	(流通的)貨幣	飲酒運転(いんしゅうんてん) (名/4)	酒駕
常識(じょうしき) (名/0)	常識		
早朝(そうちょう) (名/0)	清晨、大清早	噂(うわさ) (名/0)	謠傳、閒話

單字

咳（名/2）	咳嗽	データ（名/1 或 0）	資料、數據
ケチ（ナ/1）	吝嗇、小氣	コンテンツ（名/1）	內容
やる気（名/0）	幹勁		
物知り（名/3 或 4）	知識淵博的人	断然（副/0）	絕對、斷然、一定
個性的（ナ/0）	有個性的	お得（ナ/0）	划算、得利、獲益
利上げ（サ/0 或 3）	升息	実際に（副/0）	實際上
生成AI（名/7）	生成式人工智慧	大目に（副/0）	不深究、高抬貴手
		正しい（イ/3）	正確
牛丼（名/0）	日式牛肉蓋飯		
カツ丼（名/0）	日式豬排蓋飯	そもそも（接/1）	說起來、一開始就…
焼肉屋（名/0）	日式燒肉店	いかにも（副/2）	一副就是…的樣子
		どうやら（副/1）	看來應該是…
ロック（名/1）	搖滾音樂		
カクテル（名/1）	雞尾酒、調酒	ろくに（副/0）	（沒有）很好地…
ゴールド（名/1）	黃金	むしろ（副/1）	與其…倒不如說
チャンス（名/1）	機會	こつこつ（副/1）	孜孜不倦、勤奮確實地
ギャンブル（名/1）	賭博	さまざま（ナ/2）	各式各樣、形形色色
デフレ（名/0）	通貨緊縮		

このところ（名/0）	最近、這一陣子
継続（けいぞく）して（慣/0）	持續地…
言（い）い換（か）えれば（慣/4）	換句話說
～（熟慮（じゅくりょ）／承知（しょうち））の上（うえ）（文型）	（深考／知道）之後才做…
～をもとに（文型）	以…為素材
NISA（ニーサ）（名/1）	日本少額投資非課稅制度、日本非課稅個人儲蓄帳戶
日銀（にちぎん）（名/0）	日本銀行、日本的中央銀行
東日本大震災（ひがしにほんだいしんさい）（名/5-3 或 9）	311 大地震

句型一

～らしい（接尾辞）

本句型的「～らしい」，作為「接尾辞」使用。前面僅能接名詞，用於表達「具有某種特徵、性質、風度及氣質」。加上「～らしい」後相當於一個イ形容詞，可改為否定形「～らしくない」或者修飾名詞「～らしい＋名詞」。

例 句

・今日は暖かくて、久しぶりに春らしい天気だ。
（今天很溫暖，是個久違的、很春天的天氣。）

・男らしい男って、そもそもどんな男性なんでしょうか。
（所謂的有男子氣概的男人，到底是指怎樣的男人？）

・そんなことで諦めるなんて、君らしくないね。
（居然因為那點小事就放棄，一點都不像是你。）

・学生なら学生らしく、もっと真面目に勉強しろ！
（既然身為學生，就應該要有學生的樣，好好認真讀書。）

・もう社会人になったんだから、社会人らしく振る舞いなさい。
（你都已經出社會了，行為舉止就該像個社會人士。）

・最近は忙しくて、ろくに食事らしい食事もしていない。
（最近很忙，連像樣的一頓都沒吃。）

練習A

1. あの人は、　勇敢で　男　　らしい。
　　　　　　　いかにも　学者

2. 彼女は、　言葉遣いが乱暴で　女　　らしくない。
　　　　　　服装が派手で　　　教師

練習B

1. 例：今日は涼しくて、やっと天気になりました（秋）
   → 今日は涼しくて、やっと秋らしい天気になりました。
   ① 暖かくて、日が続いています（春）
   ② その服、派手すぎます。もっと服にしなさい（学生）
   ③ 部屋には、ぬいぐるみがいっぱいあって、いかにも部屋ですね（女の子）
   ④ このところ、雨も降っていない（雨）

2. 例：学生
   → 学生なら、学生らしくしなさい。
   ① 教師
   ② 社会人
   ③ 親
   ④ プロ

句型二

〜らしい（助動詞）

「〜らしい」作為「助動詞」使用時，表說話者「基於從外部獲得的情報」、或「從他人所得知的情報」，來「推測」一件未知的事情。前者與「〜ようです（推量）」，後者與「〜（だ）そうです（傳聞）」的意思類似。

助動詞的「〜らしい」不可改為否定形「〜らしくない」，只可接續於否定句後方，使用「〜ないらしい」的形式。其前方可接續各種品詞（包含「から、まで、だけ、くらい／ぐらい」等少數助詞）。

例句

・噂では、あの山には幽霊がいるらしいよ。（＝いるそうです・傳聞）

（謠傳說，那個山上好像有幽靈。）

・陽平君は咳をしている。風邪を引いているらしい。（＝引いているようだ・推量）

（陽平在咳嗽。似乎感冒了。）

・みんなが言っていますが、誘拐された女の子は殺されたらしいです。

（大家都在說，那個被綁架的女孩好像被殺了。）（＝殺されたそうです・傳聞）

・楊さんは大根が好きらしいね。いつも大根ばかり食べている。（＝好きなようだ・推量）

（楊小姐好像喜歡吃蘿蔔。一天到晚都只吃蘿蔔。）

・新しい教授は、天才科学者らしいですが、本当ですか。（＝天才科学者だそうです・傳聞）

（新來的教授，聽說是個天才科學家。是真的嗎？）

練習A

1. 噂によると、課長は来月大阪支社へ転勤する　　　らしいです。
   あの家には、誰もいない
   アメリカでは、コロナの感染者が多い
   新発売のスマホは、便利
   どうやら、部長が会社を辞めることは本当

2. 午後の会議は、3時から　　　らしいです。
   時間通りに来たのは、鈴木さんだけ
   三文って、今の価値で約90円ぐらい
   あの赤いかばんは、奈々ちゃんの

3. 授業が終わった　　　らしく、子供が一斉に学校から出てきた。
   面接がうまくいかなかった　　　あの子、落ち込んでいる様子だった。

練習B

1. 例：清水さんは会社の専務と付き合っています（噂では）
   → 噂では、清水さんは会社の専務と付き合っているらしいよ。
   ① 駅前に新しくできた焼肉屋が美味しい（同僚から聞いたんですが）
   ② 明日、大雪が降る。（天気予報によると）
   ③ NISAで投資信託をこつこつ積み立てていけば、お金持ちになれる
   （テレビで言ってたんですが）

句型三

～より　～のほうが

　　本句型以「Ａより　Ｂのほうが～」的型態，來比較 A、B 兩件事物，其性質上的優劣、大小、長短、多寡…等。A 與 B 除了名詞外，亦可為形容詞與動詞。

例句

・A：琥太郎君と陽平君とどちらが好き？（琥太郎跟陽平你喜歡誰？）
　B：私は琥太郎君より、陽平君のほうが好き。（比起琥太郎，我比較喜歡陽平。）

・北海道より、今日は東京のほうが寒いね。（比起北海道，東京今天還比較冷。）

・昨日より、今日の電車のほうが混んでいるようですね。なぜでしょうか。
　（比起昨天，今天的電車似乎比較擁擠的樣子。為什麼呢？）

・アメリカのほうが、日本より学歴社会だと思います。
　（我認為美國是個比起日本還要更注重學歷的社會。）

・インフレの時代では、家は借りるより、買うほうが断然お得だと思うよ。
　（在通膨的時代，房子比起用租的，用買的絕對會比較划算喔。）

・A：サッカーは、テレビで見るのと実際にやるのとどちらが好き？
　（你足球比較喜歡在電視上看還是實際上去玩？）
　B：私は運動神経が悪いから、やるより自宅でビールを飲みながら中継を見るほうが好きかな。
　（我運動神經不好，所以比起去玩，我比較喜歡在家裡一邊喝啤酒一邊看實況轉播。）

練習A

1. 呉さん より 劉さん のほうが かっこいいです。
   今週　　先週　　　　　　　忙しかったです。
   天狗　　象　　　　　　　　鼻が 長いです。
   大阪　　東京　　　　　　　人が 多いです。

2. 私 は、ロック より クラシック音楽 のほうが 好きです。
   彼　　　日本語　　　英語　　　　　　　　　上手です。

3. A：お酒 は、甘いの と 辛いの とどちらが好き？
   　　住む町　　静かなの　　賑やかなの
   　　旅行　　　個人で行くの　ツアーで行くの

   B：甘い より 辛い ほうが好き。
   　　賑やか　　　静かな
   　　ツアーで行く　個人で行く

練習B

1. 例：日本の大学（入ります／出ます・簡単です）
   → 日本の大学は、入るより出るほうが簡単らしい。
   ① 決済（現金／クレジットカード・ポイントが貯まります）
   ② あの店（牛丼／カツ丼・美味しいです）
   ③ 資産運用
   　（現金で貯金します／不動産を購入しておきます・節税になります）

句型四

〜というより

　　本句型以「A というより、B」的形式，來表達「後述事項比前述事項更符合說話者的感覺或判斷」。意思是「與其說是 A，倒不如說是 B」。經常與副詞「むしろ」一起使用。

例句

・投票することは、国民の権利というより義務だ。

　（與其說投票是國民的權利，倒不如說是義務。）

・子：こんなの、難しくてできないよ。（這太難了，我不會啦。）
　母：できないというより、やる気がないだけでしょう。

　　　（不會？我看你是沒心要做吧！）

・蔡　：お客様には敬語を使ったほうがいいですか。（對客人是不是用敬語比較好？）
　石川：使ったほうがいいというより、使わないといけないよ。

　　　（不是說用敬語比較好，而是非用敬語不可喔。）

・今回の旅行は、研修旅行というより、むしろ観光旅行だね。
　研修より観光の時間のほうがずっと長いんだから。

　（這次的旅行與其說是研修旅行，倒不如說是觀光旅行。因為觀光的時間比起研習的時間長很多。）

・日本は家の値段が上がっているというより、むしろ円の価値が下がったと
　言ったほうが正しいのかもしれない。

　（與其說是日本的房價再上漲，或許倒不如說是日圓的價值變低了還比較正確。）

練習A

1. カクテルは、お酒というよりジュースだ。
　今回のこと　事故　　　　　　人災だ。
　彼女　　　　綺麗　　　　　　個性的だ。
　今日　　　　暖かい　　　　　暑い。
　あの人　　　歌っている　　　叫んでいるだけだ。

練習B

1. 例：お国は冬が寒いでしょう？（涼しい）
　→　寒いというより、涼しいと思います。
　① 青木課長は厳しいでしょう？（性格が悪い）
　② 晴翔君は頭がいいでしょう？（天才だ）
　③ 半年でドイツ語をマスターするのは難しいでしょう？（無理だ）
　④ 新宿は賑やかでしょう？（猥雑だ）
　⑤ 飲酒運転は危ないでしょう？（犯罪だ）
　⑥ 彼は倹約家でしょう？（ケチなだけだ）

本文

（女大生穗花與男大生陽平談論關於同學投資虛擬貨幣，以及自己對於投資的看法）

穂花：ねえ、知ってる？琥太郎君ってさあ、この間ビットコインを買ったら半年で倍になったらしいよ。仮想通貨って、儲かるらしいね。

陽平：へえー、凄いなあ。でも、仮想通貨って、投資というより、むしろギャンブルのようなものなんじゃないかな。投資をやるなら、仮想通貨より金、つまりゴールドのほうが安全資産だと思うけど。

穂花：へえー、金投資か、陽平君らしくないね。

陽平：えっ？どうして？

穂花：いや。陽平君って、一攫千金のチャンスを狙うようなタイプの人だったから。
ほら、この間、全財産を不動産に突っ込んだって言ってたじゃん。

陽平：あれは、今の経済情勢を分析して、熟慮の上でやったことなんだから、琥太郎君のやっているような「投機」じゃないよ。

穂花：ふーん、そうなの？

陽平：そうだよ。

陽平：経済がわからない君にもわかるように、説明してあげよう。

インフレって知ってる？インフレというのは、簡単に言うと、ものの値段が上がり続ける状態のこと。言い換えれば、お金、つまり現金の価値がどんどん目減りしていく現象なんだよ。

インフレの時期に、何かに投資をしたほうが、現金や預金で保有しているより、自分の資産を守れるんだ。

穂花：へえー、陽平君って物知りなんだね。

陽平：物知りというより、これ常識でしょう。

語句練習

01. もう社会人になったんだから、社会人らしく振る舞いなさい。
　① まだ子供です・大目に見てやれよ
　② 彼女はもう子供じゃありません・自分で決めさせましょう

02. 最近は忙しくて、ろくに食事らしい食事もしてない。
　① 休む暇もありません
　② 睡眠も取れていません

03. 今回の旅行は、研修旅行というより、むしろ観光旅行だね。
　① 早朝・深夜のほうが仕事が捗る
　② 休日は出かける・うちでのんびりしたい

04. ビットコインを買ったら、半年で倍になった。
　① パチンコに行きました・全財産を失いました
　② ビールを飲みました・頭が痛くなりました

05. 投資というより、むしろギャンブルのようなものなんじゃないかなあ。
　① 日銀が利上げしたら、株価が暴落します
　② 部長になっても、給料はそんなに変わりません

06. 投資をやるなら、ゴールドのほうがいいと思います。
　① 旅行の予定があります・早めにパスポートの更新をします
　② お酒を飲みます・車で行きません

07. 金、つまりゴールドのほうが安全資産です。
　① 妹の息子・甥の結婚式に出る予定です
　② 東日本大震災の翌年・2012年に日本に来ました

08. この間、全財産を不動産に突っ込んだって言ってたじゃん。
　① 菫ちゃんのことが好きです
　② タバコをやめます

09. 熟慮の上でやったことです。
　① 承知・決断しました
　② 両親と相談しました・決めました

10. インフレって知ってる？
　① デフレ
　② 生成AI

11. インフレというのは、ものの値段が上がり続ける状態のことです。
　① デフレ・ものやサービスの価格が継続して下落する状態
　② 生成AI・学習データをもとに、さまざまなコンテンツを生成できる人工知能

12. 言い換えれば、現金の価値がどんどん目減りしていく現象なんです。
　① 通貨の価値が上がる現象
　② AIが勝手に自分で学習して、進化していくこと

延伸閱讀

資産形成(しさんけいせい)

　お金(かね)を貯(た)めて増(ふ)やすことを「資産形成(しさんけいせい)」と言(い)います。資産形成(しさんけいせい)をするために、いくつか大切(たいせつ)なことがあります。

　まず、「インフレ」という言葉(ことば)を知(し)っておく必要(ひつよう)があります。インフレは、物(もの)の値段(ねだん)が上(あ)がってお金(かね)の価値(かち)が下(さ)がることです。たとえば、去年(きょねん)は100円(えん)で買(か)えたお菓子(かし)が、今年(ことし)は120円(えん)になったとします。すると、お金(かね)をただ貯(た)めておくだけでは、お金(かね)の価値(かち)が減(へ)ってしまうということです。

　そこで、インフレから自分(じぶん)の資産(しさん)を守(まも)る方法(ほうほう)の一(ひと)つとして、大事(だいじ)なのが「投資(とうし)」です。投資(とうし)というのは、お金(かね)を使(つか)ってもっと多(おお)くのお金(かね)を得(え)ることです。いろいろなものにお金(かね)を使(つか)い、その価値(かち)が増(ふ)えるのを待(ま)ちます。投資(とうし)には、株(かぶ)、ゴールド（黄金(おうごん)）、暗号資産(あんごうしさん)（ビットコインなど）、不動産(ふどうさん)（建物(たてもの)や土地(とち)）などがあります。

　でも、どれか一(ひと)つに全部(ぜんぶ)のお金(かね)を投入(とうにゅう)するのは危険(きけん)です。たとえば、ある会社(かいしゃ)の株(かぶ)だけに全部(ぜんぶ)のお金(かね)を使(つか)ったら、その会社(かいしゃ)が

うまくいかなくなった時に大きな損をするかもしれません。だから「分散投資」が大切です。分散投資は、いろんな種類の投資先にお金を分けることです。これを「現代ポートフォリオ理論」と言います。いろんな投資先に分けることで、一つがうまくいかなくても他の投資先がカバーしてくれるのです。

　たとえば、株、ゴールド、暗号資産、不動産などに、お金を少しずつ分けて投資することがいいと言われています。株は、会社に投資することで、その会社が成長するとお金も増えます。ゴールドは、昔から価値があり安全だと言われています。暗号資産は、新しい投資先で、価値が大きく変わることがあります。不動産は、建物や土地を持つことで、長い間安定した収益が得られるでしょう。

　このように、インフレでお金の価値が減らないように、投資をして資産を守りながら増やすことが大切です。そして、いろんな投資先にお金を分ける分散投資をすることで、安心してお金を増やしていけるのです。

Memo

53

こっちから別(わか)れてやる！

1. 〜くらい（ぐらい）／ほど
2. 〜ほど 〜ない
3. 〜ほど 〜はない
4. 〜くらいなら

單字

奪う (動/2)	奪取、剝奪	秘密にする (慣)	隱瞞不說
預ける (動/3)	寄放、寄存	クビになる (慣)	被開除
儲ける (動/3)	賺取（金錢）	（何年）持つ (慣)	可以撐、用（幾年）
自慢する (動/0)	自滿、自誇	（子供）に先立たれる (慣)	小孩先去世，獨留父母在世
自殺する (動/0)	自殺		
我慢する (動/1)	忍耐	（税金）に持っていかれる (慣)	被作為稅金課走
歩き回る (動/5)	走來走去、到處逛	会合 (名/0)	聚會、集會
押し付ける (動/4)	強加於、硬推給…	現在 (名/1)	現在、目前
生きていく (動/1-0)	活下去…	出産 (サ/0)	出生
持ち合わせる (動/5 或 0)	現有、身上有	交渉 (サ/0)	交涉、談判
		時代 (名/0)	時代、時期
考えさせられる (動/8)	引發省思	新築 (名/0)	新成屋、新建
		中古 (名/0)	中古
喉を通る (慣)	吃得下、可以下嚥	食欲 (名/0)	食慾
今を生きる (慣)	活在當下	三流 (名/0)	三流
機嫌を直す (慣)	息怒、別氣了	知識 (名/1)	知識

單字	中譯	單字	中譯
安全（名/0）	安全	自己紹介（サ/3）	自我介紹
経費（名/1）	經費	中途半端（ナ/4）	只懂一半、不完善
機嫌（名/0）	情緒、心情		
寿命（名/0）	耐用期限、壽命	息（名/1）	氣息、呼吸
陰口（名/2）	背地說（壞）話	酎ハイ（名/0）	燒酒混碳酸水的調酒
失格（サ/0）	不夠格、喪失資格	ゴキブリ（名/0）	蟑螂
結構（ナ/1）	夠了、不用了	目玉焼き（名/0）	煎荷包蛋
		戸建て（名/0）	透天房屋
決算書（名/0 或 5）	財務報表	隠し子（名/3）	私生子
交通費（名/3）	交通費用	郵便ポスト（名/5）	郵筒
野次馬（名/0）	看熱鬧、起鬨的人		
身勝手（ナ/2）	自私、任性	易しい（イ/0 或 3）	簡單、容易
男友達（名/4）	男性友人	美しい（イ/4）	美麗、漂亮
価値観（名/2）	價值觀	相応しい（イ/4）	適合、相稱
出来事（名/2）	事件、發生的事情		
効率的（ナ/0）	有效率的	スカーフ（名/2）	圍巾
		ワンルーム（名/3）	小套房
投資対象（名/4）	投資標的	バッテリー（名/0 或 1）	電池

單字

J-POP（名/3）ジェーポップ	日本流行音樂	東京タワー（名/5）とうきょう	東京鐵塔
K-POP（名/3）ケーポップ	韓國流行音樂	東京スカイツリー（名/9）とうきょう	東京晴空塔

愚か（ナ/1）おろ	愚蠢
わがまま（ナ/3 或 4）	任性
バンバン（副/1）	盡情做…
いっそ（副/0）	倒不如、寧可
なにも～ない（副）	沒必要
どうかしてる（慣）	很奇怪、有問題
こんちきしょう／こんちくしょう（慣）	這畜生、王八蛋
～部（五部）（助數）ぶ ごぶ	…份
～歩（一歩）（助數）ほ/ぽ いっぽ	…步
～として（文型）	作為…
～ましだ（文型）	做…還比較好

Memo

句型一

～くらい（ぐらい）／ほど

「くらい（ぐらい）」前面接續數量詞，表示大約的數量；前面接續動作，表示動作或狀態的程度，「くらい（ぐらい）」與「ほど」可以替換。

「くらい（ぐらい）」亦可表說話者覺得某物微不足道，含有輕蔑的語意。
（此用法不可與「ほど」替換。）

例句

・すみませんが、コピーを5部くらい／ほどお願いできますか。
（不好意思，能不能幫我影印個大概五份左右。）

・50人くらい／ほどの野次馬が火事現場に集まっている。
（大概有50個左右圍觀看熱鬧了人，聚集在了火災現場。）

・彼は愚かなくらい／ほど真面目だ。（他老實到有點蠢。）

・歩き回って、もう一歩も歩けなくなるくらい／ほど疲れた。
（走來走去，已經累到一步也走不動了。）

・そんなことぐらい言われなくてもわかるよ。（那種事，不用你講我也知道。）

・ネットで何回か話したぐらいで、好きになるのはおかしい。
（只不過在網路上聊過幾次天就愛上人家，很奇怪。）

・妻は目玉焼きぐらいしか作れない。（我老婆只會做煎荷包蛋。）

練習A

1. バスで行くと、　　　15分　　くらい（ぐらい）／ほど　かかります。
　今日の会合は、　　　50人　　　　　　　　　　　　　　来ています。
　ここのマンションは、１億円　　　　　　　　　　　　　です。

2. この問題は小学生でもわかる　　くらい（ぐらい）／ほど　簡単だ。
　出産は気絶する　　　　　　　　　　　　　　　　　　　　痛い。
　心臓が止まる　　　　　　　　　　　　　　　　　　　　　びっくりした。

3. 連絡　　　　　くらい（ぐらい）　してよ。
　下着　　　　　　　　　　　　　　自分で洗えよ。
　自分のこと　　　　　　　　　　　自分で決めろよ。

練習B

1. 例：彼が嫌いだ（顔も見たくない）
　→　顔も見たくないぐらい彼が嫌いだ。
　① 宿題が多い（泣きたい）
　② 驚いた（息が止まりそうになる）

2. 例：これ・わかります
　→　これぐらいわかるだろう？
　① 平仮名・書けます
　② 挨拶・できます
　③ 酎ハイ・飲めます
　④ 決算書・読めます

句型二

〜ほど　〜ない

「ほど」用於表程度。「ＡはＢほど〜ない」的句型，是以Ｂ為基準，來說明Ａ的程度遠不及Ｂ，Ａ在Ｂ之下。Ｂ的部分若為「思った、考えている」等思考、表達語意的動詞，則藉以表達「事情沒有你想像中地…」。

Ｂ的部分若為其他的動作動詞，則表達「程度沒有高到足以去做前述的動作」。

例句

・沖縄は暑いが、台湾ほど暑くない。　（⇒台湾ほどではない）

（沖繩雖熱，但沒有台灣那麼熱。）

・呉さんは、劉さんほど日本語が上手じゃありません。

（小吳的日文沒有小劉好。）　（⇒呉さんは日本語が上手ですが、劉さんほどではない）

・この問題は、あなたが考えているほど易しくないです。　（這問題沒你想像中容易。）

・東京の物価は、交通費や家賃以外は思ったほど高くない。

（東京的物價，除了交通費跟房租以外，沒有想像中的高。）

・料理はできるが、人に自慢するほど上手じゃない。　（⇒人に自慢するほどじゃない。）

（我是會做菜啦，只不過沒有好到足以向人炫耀。）

・今日一日大変だったけど、ベッドに入ったらすぐに寝てしまうほど疲れていない。

（今天一整天雖然很辛苦，但也沒有累到一爬上床就睡著。）

練習A

1. 東京タワー は 東京スカイツリー ほど 高くない。
   休日　　　　平日　　　　　　　　道が混んでいない。
   昔　　　　　今　　　　　　　　　空気が悪くなかった。

2. この仕事 は 思った ほど 簡単じゃなかった。
   交渉　　　　考えていた　　　　うまくいかなかった。

3. あの店 は 並んで食べる ほど 美味しくない。
   私の家　　　クラス全員が入る　　広くない。
   その株　　　全財産を突っ込む　　いい投資対象ではない。

練習B

1. 例：池袋より新宿のほうが賑やかです。
   → 池袋は新宿ほど賑やかじゃありません。
   ① J-POP より K-POP のほうが人気があります。
   ② 日本よりアメリカのほうが物価が高いです。
   ③ 今日より昨日のほうが寒かったです。

2. 例：旅行、楽しかったですか。
   → いや、思っていたほど楽しくなかったです。
   ① あの映画、面白かったですか。
   ② 新しい事業、うまくいっていますか。

句型三

～ほど　～はない

　　「ほど」用於表程度。若以「Aほど、～はない」的句型，是用來表達A為同一類別「～」當中，程度最頂端的。意思是指「A是最…的了／沒有任何（東西／人／事情），比A還要…了」。

例句

・今年の冬ほど寒い冬はない。（沒有一個冬天像是今年冬天這麼冷的了。）

・今ほど大変な時代はない。（沒有一個時代像現在這麼糟糕。）

・日本ほど素晴らしい国は、どこにもないだろう。

（應該沒有一個地方像是日本這麼棒的國家了吧。）

・好きな人と結婚した時ほど嬉しかったことはない。

（沒有比跟喜歡的人結婚時還要更高興的事情了。）

・青木さんは、奥さんの作る料理ほど美味しいものはないとよく言っている。

（青木先生常說，沒有什麼東西比他太太做的料理好吃。）

・昨日見た映画ほど、人生について考えさせられる映画はないと思う。

（我認為沒有一部電影像昨天看的那部一樣讓人如此深刻地思考人生的。）

練習 A

1. 地震　　　ほど　　怖い　　　　もの　　はない。
   試験　　　　　　　嫌な　　　　こと

   ゴキブリ　　　　　気持ち悪い　生き物　はいない。
   彼　　　　　　　　わがままな　奴

2. 友人と旅行に行く　ことほど　楽しい　ことはありません。
   自由を奪われる　　　　　　　辛い
   子供に先立たれる　　　　　　悲しい
   今を生きる　　　　　　　　　大切な

練習 B

1. 例：東京・賑やかな町
   → 東京ほど賑やかな町はない。
   ① 富士山・美しい山
   ② 佐々木さん・真面目な学生
   ③ 桜・日本人に愛されている花
   ④ イーロンマスク・有名な起業家

2. 例：健康・大切なもの
   → 健康ほど大切なものはない。
   ① 彼女・大事な人
   ② 大学に受かったこと・嬉しいこと

句型四

〜くらいなら

　　「くらいなら（ぐらいなら）」前接名詞時，用於表達「最低限度的對比」。意思是「（其他的就不見得了）但這個最低限度的，是...」。後方多半為肯定或可能的表現。

　　前接動詞時，以「Ａくらいなら、Ｂのほうがいい／ましだ」的固定形式，來表達說話者對於Ａ這件事非常厭惡。認為「與其要Ａ，說話者寧願選擇Ｂ這個看似有點極端的選項」。

例句

・料理は得意ではないが、お粥くらいなら作れる。
（我不擅長做料理，但如果是粥＜這麼簡單的東西＞我會做。）

・お酒は飲めないけど、酎ハイくらいなら飲める。
（我不會喝酒，但像是燒酎調酒這種＜沒那麼烈的＞我就能喝。）

・好きじゃない人と結婚するくらいなら、一生独身でいるほうがいい。
（與其要跟不喜歡的人結婚，我還寧願一輩子單身。）

・彼女に嫌われるくらいなら、死んだほうがましだ。　（與其被她討厭，我寧可去死。）

・蔡さんに頼むぐらいなら、自分でやったほうが早いと思う。
（與其要請蔡先生做，倒不如我自己做還比較快。）

・新築ワンルームに投資するくらいなら、同じ価格で買える中古戸建てを買え。
（與其要投資全新小套房，倒不如去買相同價格的中古透天厝。）

練習 A

1. 英語は苦手だが、自己紹介くらいならできる。
   日本語　下手だ　平仮名　　　　　　書ける。

2. あなたのまずい料理を食べるくらいなら、死んだほうがましだ。
   あなたと結婚する
   あんな奴の下で働く
   あいつに謝る

練習 B

1. 例：食欲はない（お粥・喉を通るかもしれない）
   → 食欲はないが、お粥ぐらいなら喉を通るかもしれない。
   ① 彼と食事には行きたくない（お茶・行ってもいいかな）
   ② あなたとは付き合えない（キス・してあげてもいいよ）
   ③ 授業をサボるのは良くない（一回・許されるだろう）
   ④ エルメスのかばんは高くて買えない（スカーフ・買えると思う）

2. 例：あんな三流大学に行く・いっそ就職したほうがましだ。
   → あんな三流大学に行くくらいなら、いっそ就職したほうがましだ。
   ① 中途半端な知識で投資する・
   　何もしないでお金を銀行に預けたほうが安全だ。
   ② 自殺する・会社を辞めればいいのに。
   ③ 儲けたお金を半分以上税金に持っていかれる・経費として
   　バンバン使っちゃったほうがいい。

本文

（女大生小菫與男大生琥太郎是情侶，兩人吵架後談及分手）

琥太郎：菫ちゃん、この封筒を近くの郵便ポストに出してくんない？

菫　　：それくらい、自分でやってよ。忙しいから。

琥太郎：今日、どうしたの？機嫌悪そうだね。

菫　　：あんたってさあ、いつも自分のことを私に押し付けて嫌なんだよ。
　　　　私はあなたが思っているほど暇じゃないから。

琥太郎：何も怒るほどのことじゃないだろう？
　　　　それくらいのことで怒るなよ。

菫　　：言わせてもらいますけど、あんたほど身勝手な人はいないよ。もう我慢できない。別れましょう。

琥太郎：そんなこと言うなよ。
　　　　悪いところがあれば直すから、もう１回チャンスをくれよ。
　　　　お前がいないとダメなんだよ、俺は。
　　　　君と別れるくらいなら、死んだほうがましだよ。

菫　　：ごめん。もうあなたとは無理。

琥太郎：もしかして菫ちゃん、浮気でもしてんの？
1ヶ月ほど前に、日向ちゃんは、菫ちゃんが外国人みたいな人と歩いているのを見たって。
だから最近、俺を避けてたんだ。

菫：男友達と食事に行くくらい、自由にさせてよ。
だから嫌なんだ。琥太郎君のそういうとこ！

琥太郎：俺は、あいつほど恋人として相応しくないって言いたいんだな。
もういいよ！勝手にしろ。こっちから別れてやる！

語句練習

01. <u>妻は</u>、<u>目玉焼きぐらいしか作れない</u>。
   ① バッテリーの寿命・3年・持ちません
   ② 今・コーヒーを買うお金・持ち合わせていません

02. <u>日本の物価は</u>、<u>思ったほど高くなかった</u>。 → <u>思ったより安かった</u>。
   ① 昨日の試験・難しくなかった・簡単だった
   ② あの映画・面白くなかった・つまらなかった

03. <u>人生について考えさせられる</u>映画
   ① 価値観・小説
   ② 生きる意味・出来事

04. <u>一生、独身でいる</u>。　　　　（用例：一生、独身でいるほうがいい。）
   ① ずっと・元気　　　　　　　（用例：ずっと、元気でいてください。）
   ② このまま・大学生　　　　　（用例：このまま、大学生でいたい。）

05. <u>言わせてもらいますけど</u>、あんたほど身勝手な人はいないよ。
   ① もっと効率的な方法があると思います。
   ② あなたのその考えはどうかしてるよ。

06. 悪いところがあれ<u>ば直す</u>から、もう1回チャンスをくれよ。
   ① 欲しいものがあります・買ってあげます・機嫌を直してよ。
   ② 家事をやりたくないです・やらなくていいです・俺のそばにいてよ

07. もしかして菫ちゃん、浮気でもしてんの？（※註：〜してるの？）
　① 彼、私に秘密にしていることがあります
　② あなた、隠し子がいます

08. 菫ちゃんが外国人みたいな人と歩いているのを見ちゃった。
　① 人が自分の陰口を言っています・聞いちゃった
　② さっき陽平君と琥太郎君が公園で喧嘩しています・見ちゃった

09. A：菫ちゃん、浮気しているらしいよ。
　　B：だから最近、俺を避けてたんだ。
　① 彼、バイトをクビになりました・落ち込んでいます
　② あの家、幽霊が出ます・ずっと売れません

10. 俺は恋人として相応しくない。
　① あの人・作家・知られている
　② あなた・親・失格だ

11. 俺は恋人として相応しくないって言いたいんだね。
　① 他人のことはどうてもいい
　② もう俺とは関わりたくない

12. こっちから別れてやる！
　① こんな会社、辞めます
　② こんちきしょう、殺します

延伸閱讀

恋人との別れ

恋人と別れることは辛いですが、多くの人にとっては経験しなければならないことです。恋人同士が別れることについて、少しお話ししましょう。

● なぜ恋人同士は別れるの？

① 浮気：相手が他の人とこっそり付き合ってしまうことです。信じていたのに、信じられなくなってしまうと別れることになります。

② 恋が冷めた：最初は好きだったけど、だんだん気持ちが冷めてしまうこともあります。

③ 他の人を好きになった：付き合っている間に、別の人を好きになることもあります。

④ 個性が合わなかった：一緒にいるうちに、お互いの性格や考え方が合わないと感じることもあります。

● どうやって別れるのがいいの？

① 正直に話す：なぜ別れるのか、ちゃんと理由を伝えます。優しく言うようにしましょう。

② 相手を責めない：別れる理由が相手にある場合でも、
責めるような言い方をしないで、冷静に話します。
③ 静かな場所で話す：別れ話をする時は、周りに人がいない
静かな場所で話すといいでしょう。

● **別れた後の悲しい気持ちを乗り越えるには？**

① 友だちや家族に話す：友だちや家族に気持ちを話すと、
気持ちが楽になります。支えてもらえることもあります。
② 新しいことに挑戦する：新しい趣味や活動を始めることで、
気持ちを切り替えることができます。
何かに集中することで、悲しみを忘れることができます。
③ 自分を大切にする：十分な休息を取り、健康的な食事をして、
自分を大切にしましょう。そうすることで、
少しずつ元気を取り戻すことができるでしょう。

別れることはつらいですが、時間がたてば、少しずつ悲しみも和らいでいきます。また新しい出会いや楽しいことがあることを信じて、自分のペースで前に進んでいきましょう。

Memo

定休日(ていきゅうび)（名/3）	歇業日	取り置き(とお)（名/0）	保留商品
大富豪(だいふごう)（名/3）	大富翁	買い付け(かつ)（名/0）	申購
富裕層(ふゆうそう)（名/2）	富裕階層	おっさん（名/0）	大叔、中年男子
首都圏(しゅとけん)（名/2）	指東京及其周邊的地區	コロナ禍(か)（名/3）	武漢肺炎災情
睡眠薬(すいみんやく)（名/3）	安眠藥	バブル期(き)（名/3）	日本泡沫時代
		投資用(とうしよう)マンション（名/6）	專門設計來投資出租的華廈
都心5区(としんく)（名/4）	東京中心精華5區		
職務質問(しょくむしつもん)（名/4）	警察對可疑人士盤問		
平均価格(へいきんかかく)（名/5）	均價	ミス（名/1）	失誤、犯錯
積立投資(つみたてとうし)（名/5）	定期定額投資	クーポン（名/1）	優惠券、折價券
長期記憶(ちょうききおく)（名/4）	長期記憶	スカート（名/2）	裙子
過去最高値(かこさいたかね)（名/1-4）	歷史新高價	キルト（名/1）	蘇格蘭男性花格裙
		ウエディングドレス（名/6）	婚紗禮服
穴(あな)（名/2）	洞穴、洞、孔	パワーカップル（名/4）	高收入的夫妻
暮らし(く)（名/0）	生活	イルミネーション（名/4）	街道點燈
億り人(おくびと)（名/3）	指靠投資賺到億元的人	ポッドキャスト（名/4）	Podcast、播客
共働き(ともばたらき)（名/0 或 3）	雙薪（夫妻）		

單字

ミニマルライフ（名/5）	極簡生活	〜に限って言えば（文型）	僅限於…來說的話
今頃（副/0）	現在、這時候		
ほぼ（副/1）	幾乎、大約		
過剰（ナ/0）	過度、過剰		
一気に（副/1）	一口氣		
すでに（副/1）	早已、已經		
不十分（ナ/2）	不足夠		
自動的に（副/0）	自動地		
思う存分（副/2-0）	盡情地		
いつの間にか（副/0 或 4）	不知不覺地、不知何時就…		
高嶺の花（慣）	可望不可及		
〜代（20代）（接尾）	年齡的範圍		

句型一

〜のは 〜だ（強調構句）I

強調構句就是將一個句子中欲強調的部分，移至後方當述語，以「〜のは Xです」的結構來強調X的部分。後移至X部分的補語，若原本的助詞為「は、が、を、に、で、へ、と（相互動作）」，則會刪除。（※註：「で」亦可不刪除。）

例句

- 佐々木さんはエルメスのかばんを買った。（佐佐木買了愛馬仕的包包。）
→エルメスのかばんを買ったのは佐々木さんだ。（買愛馬仕包包的是佐佐木。）

- 佐々木さんはエルメスのかばんを買った。（佐佐木買了愛馬仕的包包。）
→佐々木さんが買ったのはエルメスのかばんだ。（佐佐木買的是愛馬仕的包包。）

- 陽平君は穂花ちゃんに話しかけました。（陽平向穂花搭話。）
→陽平君が話しかけたのは穂花ちゃんです。（陽平搭話的＜對象＞是穂花。）

- 日向ちゃんは陽平君が好きだ。（日向喜歡陽平。）
→日向ちゃんが好きなのは陽平君だ。（日向喜歡的是陽平。）

- Ａ：昨日新宿へ行った時、陽平君に会った？（你昨天去新宿時，有見了陽平嗎？）
Ｂ１：いえ。私が昨日行ったのは、新宿じゃなくて渋谷です。
（沒有。我昨天去的＜地方＞不是新宿，是渋谷。）
Ｂ２：いえ。私が昨日会ったのは、陽平君じゃなくて琥太郎君です。
（沒有。我昨天見的＜人＞不是陽平，是琥太郎。）

練習A

1. 彼は毒を食べた　　→　彼が食べた　　　のは　毒　　　　だ。
   あの食堂で食べた　　　　食べた　　　　　　　あの食堂（で）
   私は外国人と結婚する　　私が結婚する　　　　外国人
   私は妹にお金を渡した　　私がお金を渡した　　妹
   彼女はお金が欲しい　　　彼女が欲しい　　　　お金
   家族は大事だ　　　　　　大事な　　　　　　　家族

練習B

1. 例：楊さんは中国の農村で生まれました。
   → 楊さんが生まれたのは中国の農村です。
   ① 来週アメリカへ行きます。
   ② 私はiPhoneが欲しいです。
   ③ 彼は男性が好きです。
   ④ お前は馬鹿だ。
   ⑤ 琥太郎君は菫ちゃんと付き合っていました。

2. 私は（例1）・先週（例2）・コンビニで（①）・この雑誌を（②）・買いました。
   例1：先週コンビニでこの雑誌を買ったのは私だ。
   例2：私がコンビニでこの雑誌を買ったのは先週だ。

   ①

   ②

句型二

〜のは 〜だ（強調構句）II

延續上個句型。若原本的助詞為「から、まで、と（共同動作）」，又或是「だけ、ぐらい、ほど」等副助詞時，則不可刪除。此外，從屬子句「〜から」的部分，亦可後移至 X 的位置來強調其原因・理由。

例句

・虫はあの穴から出てきた。（蟲從那個洞穴出來了。）
→虫が出てきたのはあの穴からだ。（蟲出來的地方是那個洞穴。）

・このクーポンは今月末まで使えます。（這個優惠卷可以用到本月底。）
→このクーポンが使えるのは今月末までです。（這個優惠卷能用＜的期限＞是到本月底。）

・私は晴翔君と旅行に行った。（我和晴翔君一起去旅行。）
→私が旅行に行ったのは晴翔君とだ。（和我一起去旅行的人是晴翔。）

・１週間ほど旅行に行きました。（去旅行一星期左右。）
→旅行に行ったのは１週間ほどです。（旅行＜所花費＞的時間大約一星期左右。）

・電車の事故がありましたから、彼は会議に遅れました。
（因為發生了電車事故，所以他會議遲到了。）
→彼が会議に遅れたのは、電車の事故があったからです。
（他之所以會議遲到了，是因為發生了電車事故。）

練習 A

1. 10人くらい会合に来た → 会合に来た のは 10人くらい だ。
　彼だけ宿題を忘れた　　　宿題を忘れた　　　　彼だけ
　100万円ほどある　　　　あるのは　　　　　　100万円ほど

2. アメリカへ行く のは 会議がある からだ。
　彼と別れた　　　　　彼がしつこすぎた
　学校に来なかった　　病気だった
　街が静かな　　　　　お正月だ

練習 B

1. 例：街のイルミネーションは、クリスマスまで見られます。
　　→ 街のイルミネーションが見られるのは、クリスマスまでです。
　① 部長は成田空港から出発しました。
　② 晴翔君は日向ちゃんと旅行に行きたかったです。
　③ 来週まで商品のお取り置きができます。

2. 例：行政の対策が不十分でしたから、地震の被害が拡大しました。
　　→ 地震の被害が拡大したのは、行政の対策が不十分だったからです。
　① 気温が低すぎましたから、野菜が枯れてしまいました。
　② ワクチンを打ちませんでしたから、コロナで重症になってしまいました。
　③ 彼に殺されそうになりましたから、彼を殺しました。

句型三

～たら　～た（事實條件）

　　本句型為「事實條件」，以「Aたら、Bた」的型態，來表達 1.「A 為引發 B 狀態或事件的契機」，或 2. 說話者在「做了 A 之後，發現了 B 這件事實」。亦可用於表達 3.「在做 A 動作（動作進行）的途中，發生了 B 這件事（而導致 A 這件事被中斷）」。

例句

・睡眠薬を飲んだら、すぐ寝てしまいました。（一吃了安眠藥，就馬上睡著了。）

・先生のお給料を聞いたら、怒られちゃった。（問了老師的薪水後，就被罵了。）

・冷蔵庫の中を覗いたら、何もなかった。（看了看冰箱，發現裡面什麼都沒有。）

・駅前の本屋へ行ったら、今日は定休日だった。

（去了車站前面的書店，才發現今天是公休日。）

・池袋の街を歩いていたら、警察官に職務質問された。

（在池袋的街道上走著走著，就被警察攔下來盤查問話。）

・スーパーで買い物をしていたら、昔の同僚にばったり会った。

（在超市買東西，結果就偶遇了以前的同事。）

練習A

1. 昼ご飯を食べた　　　　ら、　急に眠くなった。
   スマホで漫画を読んだ　　　　目が疲れた。
   電球に触った　　　　　　　　割れちゃった。
   肥料を与えた　　　　　　　　綺麗な花が咲いた。

2. 教室に入った　　　　ら、　誰もいなかった。
   彼が作った料理を食べた　　　案外美味しかった。
   スマホの電源を入れた　　　　LINEのメッセージがいっぱい来ていた。
   箱を開けた　　　　　　　　　思い出の写真がいっぱい入っていた。

3. テレビを見ていた　　ら、　宅配の人が来た。
   お風呂に入っていた　　　　　電話がかかってきた。

練習B

1. 例：シャワーを浴びました・元気になりました
   → シャワーを浴びたら、元気になった。
   ① コーヒーを飲みました・お腹が痛くなりました
   ② 泣きました・疲れちゃいました
   ③ 家へ帰りました・ネットで買ったものが届いていました
   ④ テレビをつけました・好きな俳優さんが出ていました
   ⑤ 一人でバーで飲んでいました・変なおっさんに声をかけられました
   ⑥ 高校時代の友人と電話で話しています・
   　いつの間にか5時間経っていました

句型四

～たら（反事實條件）

「Aたら、B」亦可用於表達「與事實相反的條件句」。也就是前後句的事情，實際上都沒發生。而說話者假設「如果有發生，（情況就會是…）」。

A句為動詞時，常會使用「～ていたら」的型態。若欲表達因為沒發生而感到「遺憾」，則會於句尾加上「～のに」。

例句

・お金があったら、家が買えたのに。（如果有錢我就買得起房子了。）

・もう少し成績が良かったら、東大に入れるのに。
（我如果成績再好一點的話，就可以進東大了。）

・もっと早く投資を始めていたら、お金持ちになれたのかもしれない。
（我如果再早一點開始投資的話，搞不好就變有錢人了。）

・もしアメリカに生まれていたら、今頃どんな暮らしをしているのだろうか。
（如果當初我出生在美國的話，現在不知道過著怎樣的生活。）

・あの時、会社を辞めなかったら、大富豪になれなかった。
（那時如果沒有辭掉工作，我就不會變成大富豪了。）

・もし先生がいなかったら、今の私はなかったと思う。
（如果沒有老師您的話，我想就沒有現在的我了。）

練習A

1. 今日の試合、晴翔君が参加していたら、　勝てた　　　　　　　　のに。
　　もう少し早く来ていた　　　　　　　　間に合った
　　事故が起きなかった　　　　　　　　　彼はまだ生きている
　　もっと安かった　　　　　　　　　　　買えた

2. 忘年会にあいつが来ていたら、　　　思う存分楽しめなかった。
　　あの列車に乗っていた　　　　　　　事故に遭っていた。
　　彼が助けてくれなかった　　　　　　今頃死んでいただろう。
　　もうちょっと背が低かった　　　　　選手にはなれなかった。

練習B

1. 例：若い頃もっと勉強していた・こんなに苦労しなかった
　　→　若い頃もっと勉強していたら、こんなに苦労しなかったのに。
　　① もっと前からダイエットしていた・ウエディングドレスが着られた
　　② もっと早く気づいていた・こんなことにならなかった
　　③ もし彼に出会わなかった・もっとマシな人生を過ごせた
　　④ あと１万円ある・買える

2. 例：あの時、ビットコインを買っておいた・億り人になっていた
　　→　あの時、ビットコインを買っておいたら、
　　　　億り人になっていたのかもしれない。
　　① 面接の時、あんなミスさえしなかった・今頃社員になっていた
　　② あの時、親の言う通りにしていなかった・幸せになれた

本文

（石川小姐與井上先生是公司同事，兩人在談論關於房價以及房地產投資）

石川：こないだ、YouTubeとかで見たんだけど、首都圏の新築マンションの平均価格は、すでにバブル期の価格を上回って、過去最高値になったそうよ。

井上：都心５区に限って言えば、平均価格はもう１億円を超えたらしく、もう高嶺の花だ。
私たち庶民には、東京都心に家を持つことはほぼ不可能になったね。

石川：一戸１億円を超えるような物件って、いったい誰が買っているの？

井上：都内の高額マンションを買っているのは、節税対策の富裕層、共働きのパワーカップル、あとは外国人だそうよ。

石川：あんな値段で買えるのは、円安の恩恵を受けた外国人ぐらいだから…。

井上：あーあ、オリンピックの前にマンションを買っておいたら良かったのに。

石川：井上さん、マイホームを買う予定だったの？

井上：いいえ、検討していたのは投資用マンションだった。以前、投資の勉強をしていたら、不動産投資って、レバレッジをかければ、少ない資金から一気に資産を増やせるってことに気がついたんだ。

石川：そうだったんだ。で、結局買わなかったのはどうして？

井上：なかなかいい物件に出会えなかったのと、銀行にローンを申し込んだら、断られた。私みたいな属性の低い人には貸せないって。借りられるのは安定した収入を得られるサラリーマンだけだって。

石川：残念だったね。

井上：あの時買っておけば（おいたら）、今億万長者になっていただろうに。

語句練習

01. 私が昨日行った<u>のは</u>、新宿<u>じゃなくて</u>渋谷です。
   ① 佐々木君が好きです・女の人・男の人
   ② 彼が穿いています・スカート・キルト

02. <u>こないだ</u>、YouTube<u>とかで</u>見<u>たんだけど</u>…。
   ① ポッドキャスト・聞きました
   ② 雑誌・読みました

03. 平均価格<u>は</u>、<u>すでに</u>過去最高値を更新した。
   ① 会議・始まっている
   ② 病院に運ばれた時・死んでいた

04. 平均価格<u>は</u>、バブル期の価格<u>を上回っている</u>。
   ① 売上・コロナ禍前
   ② インフレ・予想

05. <u>23区に限って言えば</u>、平均価格はもう一億円を超えたらしい。
   ① 東京・すでに20代の10人に1人が外国人だ
   ② この国・コロナで死んだ人より、過剰な自粛で犠牲になった人のほうが多い

06. 東京都心に家を持つこと<u>は</u>、<u>ほぼ</u>不可能になったね。
   ① 物価・2倍になっている
   ② 工事・完成した

07. いったい誰が買っているの？
　① どうしたの？
　② どういうこと？

08. 井上さん、マイホームを買う予定だったの？
　① えっ？昨日彼女にプロポーズします
　② 来週、海外に行きます

09. 不動産投資って、レバレッジをうまく使えば、少ない資金から資産を増やせます。
　① 積立投資・一度設定しておきます・毎月自動的に買い付けが行われます
　② 長期記憶・いったん覚えてしまいます・忘れることはほとんどありません

10. 投資の勉強をしていたら、レバレッジをうまく使えば、資産を増やせるってことに気がついた。
　① ミニマムライフを始めてみます・家具なんてほとんど必要ない
　② 同僚と話しています・自分は、今の仕事について何もわかっていない

11. 結局買わなかったのはどうして？
　① 彼が急に帰国することになります
　② 昨日の夜、遅くまで起きていました

12. あの時買っておけば、今億万長者になっていただろうに／のに。
　① もっと早く出発します・渋滞に巻き込まれなかった
　② ちゃんと勉強しています・試験に合格できた

延伸閱讀

住宅ローン

　　家を買うときに、ほとんどの人は「住宅ローン」を使います。住宅ローンとは、家を買うために銀行からお金を借りる「融資」のことです。

● 住宅ローンを申し込むときに気をつけること

① 借りすぎないこと：家を買うためにお金が必要ですが、借りすぎると毎月の返済が大変になります。自分の収入と支出を考えて、無理のない金額を借りましょう。

② 金利：住宅ローンには「金利」があります。金利は、銀行に借りたお金に対して払う手数料のようなものです。金利が低いほど、返すお金が少なくて済みます。
いろんな銀行の金利を比べて、できるだけ低い金利のローンを選びましょう。

③ 返済期間：住宅ローンを何年かけて返すかを決めます。返済期間が長いほど、毎月の返済額は少なくなりますが、総合的に払うお金は増えます。自分の将来の収入や生活を考えて、適切な返済期間を選びましょう。

● **銀行が見ている大事なポイント**

① 収入：銀行は、お金を借りる人がちゃんと返せるかどうかを見ます。安定した収入がある人のほうが、ローンを組みやすいです。

② 信用：これまでにお金を借りて、ちゃんと返しているかどうかを見ます。返済をきちんとしている人は、信用が高くなります。

● **住宅ローンで買った家を賃貸に出すと、どうなりますか。**

　最近では、住宅ローンで買った家を、自分で住まないで人に貸す人もいます。これには契約違反のリスクがあります。住宅ローンは「自分で住むための家」を買うのが条件で、銀行が特別に安い金利で貸してくれています。だから、その家を他の人に貸すことは、契約違反になることがあります。銀行に知られると、すぐにローンの全額返済を求められることもあるので、気をつけなければなりません。

　家を買うことは大きな決断です。住宅ローンをうまく利用するために、しっかりと計画を立てて、リスクを理解しておくことが大切です。

Memo

翻譯

本文翻譯

我快瘋掉了！

井上：鏗鏗鏘鏘地有夠吵，樓上到底在幹嘛啊！
石川：最近只要一到了這個時間就會開始施工。
　　　因為他們在裝潢，應該短期內這個噪音都會持續喔。
井上：這樣根本沒辦法靜下心來好好工作啊。
　　　好！我上樓去抗議！
石川：最好不要喔。上面的人看起來很恐怖，感覺很差，
　　　而且看起來不是日本人，就算去講，他們也不知道
　　　聽得懂聽不懂。還是透過管委會，請管委會去講
　　　比較好喔。

井上：噢，受不了。聲音吵到我無法集中。
　　　每天都被他這樣吵，都快發瘋了。
石川：你那麼在意的話，今天去對面的咖啡店工作如何？
　　　那裡好像很安靜。
井上：唉，沒辦法。今天的工作就只有重新檢查這個資料而已，
　　　不會太累，就這麼辦吧。
　　　那我去了喔。
石川：啊，好像快要下雨了，你帶雨傘去。

延伸閱讀翻譯

房屋裝修的注意事項

當進行翻修工程時，有幾個重要的事項需要注意。

首先，在公寓內進行工程前，需要向該建築物的管理委員會獲得許可。必須向管理委員會說明工程內容、時間以及何時開始和結束。特別是涉及噪音和震動的工程，會有更嚴格的限制。

其次，向鄰居打招呼也是很重要的。在工程開始前，應該告知鄰近的住戶，包括上樓和下樓的住戶，讓他們知道「我們將進行工程」。解釋一下將進行的工程內容、預計持續的時間以及施工時間，這樣可以減少對鄰居的影響，並取得他們的理解。

此外，與施工公司簽訂合約也至關重要。應該確認工程內容、費用、預計時間以及保證等，並要求制定一份正式的合約書。在工程進行過程中，定期到現場監工，注意報價（最初業者告知的費用）和實際費用之間的差異，若將會產生額外費用，則要要求業者需事先告知。

在工程期間，除了注意噪音和震動外，還要注意建築的公共部分使用。在運送材料和工具時，應與管理委員會和住戶協調使用電梯和通道，或使用專用電梯。工程結束後，清理並整理周圍環境也非常重要。

總結來說，在進行翻修工程時，與管理委員會的溝通、對鄰居的考慮以及對施工合約的確認都是非常重要的。遵循這些要點，才可順利推進工程，避免發生糾紛。

本文翻譯

生死關頭。

五十嵐：那店看起來蠻安靜的，要不要進去一下？
佐佐木：好啊。

五十嵐：旅行的事已經都確定了嗎？
佐佐木：其實啊，小楊說他要回中國，所以不去了。
五十嵐：什麼？你說什麼？那樣的話人數不夠啊！
佐佐木：很像是他爸爸出車禍，現在正在生死存亡之際的樣子。
五十嵐：是喔，好可憐。難怪最近都一副很擔心的樣子在講著電話。
佐佐木：聽說這幾天是關鍵期。而且聽說其實即便度過這一關，
　　　　也有可能這一輩子都無法醒過來了。

五十嵐：那，小楊什麼時候回日本？
佐佐木：目前還不清楚。聽說搞不好就這樣直接休學不讀了。
五十嵐：那旅行人數不足，只好取消了。
佐佐木：如果取消的話，聽說會產生 20% 的取消費用。如果只是延期
　　　　的話，很像就不需要補差價，所以旅行社的人說，如果一個
　　　　月之內可以找到頂替的人，他們願意幫忙變更。
五十嵐：那要邀誰呢？隔壁班的那位鄭同學如何呢？
佐佐木：好耶，鄭同學看起來很好聊，應該會跟大家很合，就約他吧！

延伸閱讀翻譯

旅行計劃

在制定旅行計劃時，需要注意以下幾點。

首先，了解取消旅行的規則是非常重要的。例如，正如佐佐木先生他們所說，如果取消旅行，可能需要支付 20% 的費用。因此，在預訂旅行之前，最好確認一下如果取消需要支付多少費用。

其次，事先考慮到有可能想要改變旅行日期的情況也是必要的。根據佐佐木先生他們的討論，由於人數不足，他們考慮將旅行日期推遲。雖說在他們情況下，不需要額外支付費用，但不同旅行社的規定可能會有所不同，因此最好事先確認這些規則。

此外，考慮旅行參與者的健康狀況和家人的狀況也很重要。就像小楊一樣，可能會因為家中突發情況而導致無法旅行。在這種情況下，可以考慮邀請其他人替代，這樣就有可能按計劃進行旅行。因此，提前考慮一些可以替代的人選也是一個好主意。

最後，還應該考慮旅行保險的問題。有購買保險，才可以在急需取消或更改日期時理賠這些費用。特別是在出國旅行時，有保險會非常有幫助。在出發前，檢查保險內容，並在必要時額外購買保險。

綜上所述，在預訂旅行時，留意取消規則、日期更改規定、參與者的健康狀況以及旅行保險等事項是至關重要的。這樣，即使發生突發情況，也能安心享受旅行。

本文翻譯

我看到（她）和一個很像外國人的人走在一起。

晴翔：小菫最近都沒有來社團耶。她怎麼了。
日向：她很像有男朋友了喔。
晴翔：什麼？那是什麼時候的事情？
日向：前一陣子，我看到小菫和一個金頭髮的長得很像外國人的
　　　男生走在一起。
晴翔：那個男的我也有見過。他似乎不是我們學校的學生。
　　　我還蠻喜歡小菫的，好受打擊喔。
日向：你那什麼被甩掉的臉？你根本也沒有跟小菫交往不是嗎？
　　　我們班上的琥太郎啊，很像之前有跟小菫交往，
　　　所以他最近還蠻垂頭喪氣的。

晴翔：啊啊，我來跟日向妳交往好了。
日向：什麼啊，白痴。
晴翔：沒有啦，我只是想說如果是像日向這麼溫柔的女孩，
　　　也可以試著交往看看。
日向：我才不要和你這樣的笨蛋交往。

晴翔：日向喜歡怎麼樣的男生啊。
日向：嗯，我喜歡像陽平這樣認真的人吧。
晴翔：那你跟陽平交往啊，他很像沒有女朋友。
日向：但是陽平就像老爸一樣撈叨，跟他交往感覺會很累。

延伸閱讀翻譯

戀愛關係

　　大學生在與戀人交往時，需要考慮許多事情。同居、學校裡的互動、男生與男生、女生與女生的情侶等，戀愛的形式多種多樣，各有其樂趣和辛苦的點。

　　首先，談到同居。同居是指一起生活。大學生不僅要學習，這（大學生活期間）也是一個需要調適、整理自己的生活的重要時期。一起生活可以讓你們有更多時間相處，但也需要重視彼此的隱私和生活節奏。例如，制定同居的規則，合理分配學習時間和娛樂時間，這些都是很重要的。

　　接下來是學校裡的互動。是否要讓大家知道你們是一對情侶，這要你們自己決定。在學校的互動方式也需要考慮的。例如，在公共場合的肢體接觸需要多留心。過於親密的舉動可能會對周圍的人造成困擾。然而，互相支持可以對學習和其他活動產生積極影響，兩人一起學習或和朋友們一起玩樂也會很有趣。

　　此外，我們也來談談同性情侶。大學是一個多元化的環境，有各種各樣的人。不過，某些地方仍然存在偏見和歧視。男生和男生、女生和女生的情侶，可能在獲得周圍理解方面會面臨挑戰，但許多大學設有 LGBTQ+ 支援小組或諮詢機構。如果遇到困難，可以考慮向這些地方尋求幫助。

　　大學生活不僅是自我成長的過程，也是加深與他人關係的重要時期。透過戀愛，你將經歷許多喜悅和挑戰，若有彼此的尊重和理解，則能建立更健全的關係。無論是同居、學校的互動還是 LGBT 情侶，各自尋找最適合自己的關係，將有助於彼此的成長。

本文翻譯

虛擬貨幣，好像很好賺的樣子。

穗花：欸，你聽說了嗎？琥太郎啊，前一陣子買比特幣，結果聽說
　　　半年就賺了一倍耶。虛擬貨幣很像很賺錢。

陽平：是喔，好厲害喔。但是，虛擬貨幣那東西，與其說是投資，
　　　倒不如說還有點像是賭博耶。如果要投資的話，我覺得比起
　　　虛擬貨幣，黃金，也就是金子還比較是安全資產。

穗花：是喔，投資黃金喔，這不太像陽平你耶。

陽平：疑？為什麼？

穗花：沒啦。因為你是那種會想要賭那種一獲千金的機會的人。
　　　不是嗎，你前一陣子不是說把所有的財產都拿去投資不動產了嗎？

陽平：那個是我分析了現在的經濟情勢，然後深思熟慮過後所做的
　　　事情，並不像是琥太郎那種「投機」啊。

穗花：嗯？是嗎？

陽平：是啊。

陽平：我來說明給你這個不太懂經濟的人，讓你也能聽懂吧。
　　　你知道通貨膨脹嗎？所謂的通膨，簡單地說，就是東西的
　　　價格持續上漲的狀態。換言之，就是錢，也就是現金的價值
　　　一直減少的現象喔。
　　　也就是說，在通膨的時期，去投資個什麼的，會比起把錢放
　　　在現金或存在定存上，更能保護自己的資產。

穗花：是喔，陽平你懂的真多。

陽平：與其說我懂很多，倒不如說這是常識吧。

延伸閱讀翻譯

構建財富架構

　　存錢、並讓資產持續增值，稱之為「資產形成（構建財富架構）」。要進行資產形成，有幾個重要的事項需要注意。

　　首先，有必要了解「通貨膨脹」這個詞。通貨膨脹是指物價上漲，導致金錢的價值下降。例如，去年 100 日圓可以買到的零食，今年可能變成 120 日圓。這意味著，如果只是單純存錢，金錢的價值會減少。

　　因此，保護自己的資產不受通貨膨脹影響的方法之一就是「投資」。投資是指用金錢去獲得更多的金錢。可以將資金用於各種不同的項目，等待其價值增長。投資的方式包括股票、黃金、加密貨幣（如比特幣）和不動產（房產或土地）等。

　　然而，將所有的錢都單押在某一個項目上是有風險的。例如，如果你把所有的錢都投入某間公司的股票，那麼，當該公司經營不善時，你可能就會遭受重大的損失。因此，「分散投資」是非常重要的。分散投資是將資金分配到不同類型的投資項目上，這也稱為「現代投資組合理論」。透過將資金分散到不同的投資項目上，即使其中一項表現不佳，其他投資也能彌補損失。

　　例如，一般來說，將資金分配到股票、黃金、加密資產和不動產等各種不同的領域上是最好的。股票投資是對一家公司的投資，隨著這家公司成長，你的財富也會增加。黃金則是歷來都被認為是有價值且安全的資產。加密貨幣則是一種新興的投資方式，其價值可能會大幅波動。不動產則是透過擁有建築或土地，長期獲得穩定的收益。

　　總之，為了防止通貨膨脹導致手上的金錢價值變少，進行投資來保護和增長資產是非常重要的。而且，透過分散投資，將資金分配到多個投資項目上，可以讓我們更安心地增值資產。

本文翻譯

我才要跟你分手呢！

琥太郎：小菫，能不能幫我把這信封拿去附近的郵筒寄。
菫　　：那點小事，自己做啦。我很忙。
琥太郎：你今天怎麼了？你心情不好喔。
菫　　：你啊，總是把自己的事情推給我做，很討厭啦。
　　　　我可沒有你想像中的那麼閒。
琥太郎：也沒必要這麼生氣吧。不要因為這點小事生氣啦。
菫　　：我就不客氣說了，沒有人像你那麼自私任性的啦。
　　　　我受不了了。分手吧。
琥太郎：別這樣講啦。我哪裡有錯，我改就是了。再給我一次機會啦。
　　　　我不能沒有你啊。和你分開，我會活不下去啦。
菫　　：抱歉，我沒辦法（跟你繼續下去）了。

琥太郎：還是其實小菫你外遇了？一個月前，日向說看到你和一個像外國人的男生
　　　　走在一起。就是因為這樣最近你才躲著我啊。
菫　　：只是跟男性朋友去吃個飯，你就不能放我自由嗎？
　　　　我就是討厭你這一點。
琥太郎：你是想要說我作為一個男朋友比不上那傢伙就對了是吧。
　　　　好啦好啦！隨便你。（你要跟我分？）我直接先跟你斷！

延伸閱讀翻譯

和情人分手

　　與情人分手是痛苦的，但對許多人來說，這是一個必須經歷的過程。這裡就讓我們來稍微談談，關於戀人分手的事情吧。

● 為什麼戀人們會分開？

　1. 出軌：對方偷偷與其他人交往。當你曾經信任他，但現在無法再信任時，就會導致分手。
　2. 感情變淡：一開始很喜歡，但隨著時間的推移，感情可能或漸漸冷卻。
　3. 愛上其他人：在交往過程中，可能會對其他人產生好感。
　4. 個性不合：在一起的過程中，可能會感受到彼此的性格或想法不合。

● 如何分手才是好的方式？

　1. 坦誠溝通：清楚地告訴對方為什麼分手，並用溫和的語氣表達。
　2. 不要怪罪對方：即使分手的理由在於對方，也不要用責備的語氣，而是應冷靜地對話。
　3. 在安靜的地方提分手：進行分手談話時，選擇人少、安靜的地方會比較好。

● 如何克服分手後的悲傷？

　1. 向朋友或家人傾訴：把自己的心情告訴朋友或家人，能讓心情變得輕鬆，也能得到支持。
　2. 挑戰新事物：開始新的興趣或活動可以幫助你轉換心情。專注於某些事情能讓你忘記悲傷。
　3. 對自己好一點：好好休息、健康飲食、善待自己。這樣才能逐漸走出悲傷、恢復精力。

　　雖然分手是痛苦的，但隨著時間的推移，悲傷會逐漸減輕。相信以後還會有新的邂逅和快樂的事情，按照自己的步調，樂觀地向前邁進吧。

本文翻譯

申請了房貸，結果沒過件。

石川：前一陣子我在 YouTube 之類上看到的，聽說現在首都圈新建華廈的房價，
　　　已經超越了泡沫時期的價格，是過去最高價了。
井上：如果僅侷限於都心的精華 5 區，均價好像都已經破億了，已經高不可攀了。
　　　對於我們這些庶民來說，要在東京都心擁有自己的家，已經幾乎不可能了。
石川：一間超過一億日圓的物件，到底都誰在買啊？
井上：購買都內高價房的，聽說是為了節稅的有錢人、高薪的雙薪家庭，還有外國人。
石川：因為能夠用那種價位買的，大概也就只有受惠於日圓下跌外國人了。
井上：啊～，早知道就在奧運前就買房。

石川：井上先生，你原本打算要買自住房喔？
井上：沒有，我考慮購買的是投資房。以前我學習投資時，發現到不動產投資
　　　只要使用槓桿，就可以從很少的資金來快速增加資產。
石川：原來是這樣喔。那，結果沒有買，究竟是為什麼？
井上：一直沒遇到好的物件，而且向銀行申請貸款後，結果被回絕了。
　　　說什麼沒辦法借給我這樣低屬性的人（指收入與資產狀況不佳的人）。
　　　聽說能夠借得到錢的，就只有擁有穩定收入的上班族而已。
石川：好可惜喔。
井上：那時候如果有買，現在就是億萬富翁了說…。

延伸閱讀翻譯

房屋貸款

購買房屋時，大多數人會使用「住宅貸款（房貸）」。住宅貸款是指從銀行借款購買房屋的「融資」。

● 申請房貸時需要注意的事項

1. 不要借得太多：購買房屋需要資金，但如果借款過多，每月的還款會變得很困難。應考慮自己的收入和支出，借一個合理的金額。
2. 利率：房貸有「利率」。利率是指借款時需要支付給銀行的，類似手續費的東西。利率越低，需還的金額就越少。比較各銀行的利率，盡量選擇利率較低的貸款。
3. 還款期限：需要考慮到用多少年來還清房貸。還款期限越長，每月的還款額就越少，但整體上的支付金額會增加。借款人必須考慮未來的收入和生活，選擇適合的還款期限。

● 銀行看重的要點

1. 收入：銀行會檢視借款人是否能夠按時還款。擁有穩定收入的人更容易申請到貸款。
2. 信用：銀行會查看借款人過去是否按時還款。按時還款的人信用度較高。

● 用自住用的房貸所購買的房子，若拿來出租會怎麼樣？

最近，有些人用（自住用的）房貸購買的房子不自己居住，而是出租給別人。這樣做會有違約的風險。（自住用）房貸的條件是「購買自住的房屋」，因此銀行以特別低的利率貸款給你。因此，若將這樣的房子出租可能會構成違約。如果被銀行發現，可能會被立即要求償還貸款全額，所以必須要留意。

購房是 項重大的決定。為了有效利用房貸，制定詳細的計劃並理解風險是非常重要的。

Memo

Memo

Memo